文学常识丛书

诗中雪

翟民　主编

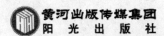

黄河出版传媒集团
阳光出版社

图书在版编目（CIP）数据

诗中雪 / 翟民主编. —— 银川：阳光出版社，
2016.9（2020.12重印）
（文学常识丛书）
ISBN 978-7-5525-3039-1

Ⅰ.①诗… Ⅱ.①翟… Ⅲ.①古典诗歌－诗歌欣赏－
中国－青少年读物 Ⅳ.①I207.2-49

中国版本图书馆CIP数据核字(2016)第234855号

文学常识丛书　诗中雪　　　　　　　　　　　翟民　主编

责任编辑　徐文佳
封面设计　民谐文化
责任印制　岳建宁

黄河出版传媒集团
阳光出版社　出版发行

出 版 人　薛文斌
地　　址　宁夏银川市北京东路139号出版大厦（750001）
网　　址　http：//www.ygchbs.com
网上书店　http：//www.shop129132959.taobao.com
电子信箱　yangguangchubanshe@163.com
邮购电话　0951-5047283
经　　销　全国新华书店
印刷装订　河北燕龙印刷有限公司
印刷委托书号　（宁）0019169

开　　本　710 mm×1000 mm　1/16
印　　张　9.5
字　　数　114千字
版　　次　2016年11月第1版
印　　次　2021年1月第2次印刷
书　　号　ISBN 978-7-5525-3039-1
定　　价　28.50元

前　言

　　源远流长的中华五千年文化,滋养着生生不息的中华民族。那些饱含圣贤宗师心血的诗歌、散文,历经了发展和不断地丰富,融入了中华民族的血脉,铸就了中华民族的脊梁,毋庸置疑地成为宝贵的文化遗产、永恒的精神食粮、灿烂的智慧结晶。然而受课时篇幅所限,能够收入到中小学教科书的经典作品必定是极少数。为此,我们精心编辑了这一套集古代经典诗歌分类赏析、古代经典散文分类赏析为一体的《文学常识丛书》。

　　本套丛书包括:古代经典诗歌分类赏析共十册——《诗中水》《诗中情》《诗中花》《诗中鸟》《诗中雨》《诗中雪》《诗中山》《诗中日》《诗中月》《诗中酒》;古代经典散文分类赏析共十册——《物华风清》《人和政通》《诙谐闲趣》《情规义劝》《谈古喻今》《修身养性》《奇谋韬略》《群雄争锋》《逝者如斯》《天下为公》。

　　读古诗,我们会发现诗人都有这样一个特征——托物言志。如用"大鹏展翅""泰山绝顶"来抒发自己对远大抱负的追求,用"梅兰竹菊""苍松劲柏"来表达自己对崇高品格的追慕;用"青鸟红豆""鸿雁传书"寄托相思,用"阳关柳色""长亭古道"排解离愁,用"浮云"来感慨人生无常、天涯漂泊,用"流水"来喟叹时光易逝、岁月更替,用"子规"反映哀怨,用"明月"象征思念……总之,对这些本没有思想感情的自然物,古代诗人赋予它们以独特的寓意,使之成为古诗中绚丽多彩的意象。正是这些意象为古诗增添了无穷的魅力。

　　古典散文同样也散发着艺术的光辉,但更引人瞩目的是它所蕴含的思想精华,或纵论古今,或志异传奇,或微言大义,或以小见大,读后不禁让我们对古人睿智的思想和优美的文笔赞叹不已。

希望能通过这套丛书,使广大中学生对祖国光辉灿烂的文化遗产有一个更深刻的认识。

编者

目　录

作品简介

诗中雪

　　本诗选自《诗经》,《采薇》是西周时期一位饱尝服役思归之苦的戍边战士在归途中所作的诗,诗中叙述了他转战边陲的艰苦生活,表达了他爱国恋家、忧时伤事的感情。

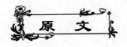

采 薇

采薇采薇①，
薇亦作止。
曰归曰归，
岁亦莫止②。
靡室靡家③，
玁狁之故④。
不遑启居⑤，
玁狁之故。

采薇采薇，
薇亦柔止。
曰归曰归，
心亦忧止。
忧心烈烈，
载饥载渴。
我戍未定⑥，
靡使归聘⑦。

采薇采薇，

薇亦刚止⑧。

曰归曰归，

岁亦阳止。

王事靡盬⑨，

不遑启处。

忧心孔疚⑩，

我行不来！

彼尔维何⑪？

维常之华⑫。

彼路斯何⑬？

君子之车。

戎车既驾⑭，

四牡业业⑮。

岂敢定居？

一月三捷。

驾彼四牡，

四牡骙骙。

君子所依⑯，

小人所腓⑰。

四牡翼翼⑱，

诗中雪

象弭鱼服⑲。

岂不日戒?

玁狁孔棘!

昔我往矣,

杨柳依依。

今我来思,

雨雪霏霏。

行道迟迟,

载渴载饥。

我心伤悲,

莫知我哀!

①薇:豆科植物,今俗名称大巢菜,可食用。

②莫:"暮"的本字。岁暮,一年将尽之时。

③靡:无。

④玁狁(xiǎnyǔn):北方少数民族,到春秋时代称为狄,战国、秦、汉称匈奴。

⑤不遑:没空;遑,闲暇。启:跪坐。居:安居。

⑥戍:驻守。定:安定。

⑦使:传达消息的人。聘:探问。

⑧刚:指薇菜由嫩而老,变得粗硬。

⑨盬(gǔ)：休止。

⑩孔疚：非常痛苦。疚，痛苦。

⑪尔：花盛开貌。维何：是什么。

⑫常：常棣，棠棣。

⑬路：同"辂"，高大的马车。

⑭戎车：兵车。

⑮四牡：驾兵车的四匹雄马。业业：马高大貌。

⑯骙(kuí)骙：马强壮貌。依：乘。

⑰小人：指士卒。腓(féi)："庇"的假借，隐蔽。

⑱翼翼：行止整齐熟练貌。

⑲象弭：象牙镶饰的弓。鱼服：鱼皮制成的箭袋；服，"箙"的假借。

赏析

全诗六章，可分三层。既是归途中的追忆，故用倒叙手法写起。前三章为一层，追忆思归之情，叙述难归的具体原因。这三章的前四句，以重章之叠词申意并循序渐进的方式，抒发思家盼归的感情；而随着时间的一再推移，这种心情越发急切难忍。首句描述薇菜可食，戍卒正采薇充饥。戍役不仅艰苦，而且漫长。"薇亦作止"、"柔止"、"刚止"，循序渐进，形象地刻画了薇菜从破土发芽，到幼苗柔嫩，再到茎叶老硬的生长过程，它同"岁亦莫止"和"岁亦阳止"一起，喻示了时间的流逝和戍役的漫长。岁初而暮，物换星移，"曰归曰归"，却久戍不归；这对时时有生命之虞的戍卒来说，怎能不忧心忡忡。那么，为什么戍役难归呢？后四句作了层层说明：远离家园，是因为猃狁之患；戍地不定，是因为战事频频；无暇休整，是因为王家的差事无穷无尽。其根本原因，则是"猃狁之故"。对于猃狁之患，匹夫有戍役之责。这样，一方面是怀乡情结,另一方面是战斗意识。前三章的前后两层,同时交织着恋家思亲的个人情和为国赴难的责任感,这是两种互相矛盾又同样真实的思想感情。这也是全诗的基调。

四、五章追述行军作战的紧张生活。写出了军容之壮,戒备之严,全篇气势为之一振。其情调,也由忧伤的思归之情转而为激昂的战斗之情。这两章同样四句一意,可分四层读。四章前四句,诗人自问自答,流露出军人特有的自豪之情。接着围绕战车描写了两个战斗场面,具体描写了在战车的掩护和将帅的指挥下,士卒们紧随战车冲锋陷阵的场面。最后,由战斗场面又写到将士的装备:"四牡翼翼,象弭鱼服。"战马强壮而训练有素,武器精良而战无不胜。将士们天天严阵以待,只因为猃狁实在猖狂,"岂不日戒,猃狁孔棘",既反映了当时边关的形势,又再次说明了久戍难归的原因。

"昔我往矣,杨柳依依。今我来思,雨雪霏霏。"这是写景记时,更是抒情伤怀。戍卒深切体验到了生活的虚耗、生命的流逝及战争对生活价值的否定。"行道迟迟,载渴载饥",加之归路漫漫,道途险阻,行囊匮乏,又饥又渴,这眼前的生活困境又加深了他的忧伤。"行道迟迟",似乎还包含了戍卒对父母妻孥的担忧。"我心伤悲,莫知我哀",全诗在这孤独无助的悲叹中结束。

综观全诗,《采薇》主导情致的典型意义,不是抒发遣戍役劝将士的战斗之情,而是将王朝与蛮族的战争冲突退隐为背景,将从属于国家军事行动的个人从战场上分离出来,通过归途的追述集中表现戍卒们久戍难归、忧心如焚的内心世界,从而表现周人对战争的厌恶和反感。《采薇》,似可称为千古厌战诗之祖。

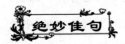

昔我往矣,杨柳依依。今我来思,雨雪霏霏。

作品简介

选自《诗经》，这是一首"刺虐"诗。卫国行威虐之政，诗人号召他的朋友相携同去而作。

诗中雪

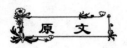

北　风

北风其凉。
雨雪其雱①。
惠而好我②，
携手同行。
其虚其邪？
既亟只且③！

北风其喈。
雨雪其霏④。
惠而好我，
携手同归⑤。
其虚其邪？
既亟只且！

莫赤匪狐⑥。
莫黑匪乌。
惠而好我，
携手同车。

其虚其邪？

既亟只且！

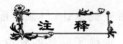

①雨(yù)雪：雨雪。雨，作动词。即雨夹雪，雨雪同时落下，正是"北风其凉"之时。雱(páng)：雪盛貌。

②惠：爱也。

③虚邪：宽貌。一说徐缓。邪，通徐。既：已经。亟：急。

④喈(音jiē)：寒凉。霏：雨雪纷飞。

⑤同归：一起到较好的他国去。

⑥莫赤匪狐：没有不红的狐狸。莫，无，没有。匪，非。狐狸、乌鸦比喻坏人。

《毛诗序》说："《北风》，刺虐也。卫国并为威虐，百姓不亲，莫不相携持而去焉。"从诗中"同车"来看，百姓是泛指当时一般贵族，这是一首反映贵族逃亡的诗。

诗共三章，前两章内容基本相同，只改了三个字。诗歌前两章开头两句都以风雪的寒威来比喻虐政的暴烈："北风其凉。雪雨其雱"，"北风其喈。雨雪其霏"。把"北风其凉"改为"北风其喈"，意在反复强调北风的寒凉。这就渲染出一种凄冷阴森的气氛，怀着对虐政的强烈不满。而改"雨雪其雱"为"雨雪其霏"，无非是极力渲染雪势的盛大密集。把"携手同行"改为"携手同归"，也是强调逃离的意向。复沓的运用产生了强烈的艺术效果。

诗人在第三章说："莫赤匪狐。莫黑匪乌"，也就是说没有比这个当政者更暴虐的了！所以诗人一再号召：凡是与我友好的人，一道离开这里吧！

为了强调出走的必要性、紧迫性，每章的最后两句都大声疾呼："其虚其邪？既亟只且！"还能再犹豫吗？已经很紧急了！虚邪，即舒徐，为叠韵词，加上"其"字，语气更加宽缓，形象地表现同行者委蛇退让、徘徊不前之状。"既亟只且"，"只且"为语助词，语气较为急促，加强了局势的紧迫感。语言富于变化，而形象更加生动。

朱熹《诗集传》说此诗"气象愁惨"，指出了其基本风格。诗三章展示了这样的逃亡情景：在风紧雪盛的时节，一群贵族相呼同伴乘车去逃亡。局势的紧急（"既亟只且"），环境的凄凉（赤狐狂奔，黑乌乱飞）跃然纸上，让人悚然心惊。

古乐府中的《北风行》诗即效仿本篇，鲍照拟作中直接采用《北风》原文："北风凉，雨雪雱。"《古诗十九诗》（"凛凛岁云暮"篇）中"良人惟古欢，枉驾惠前绥。愿得常巧笑，携手同车归"数句，也是以此诗为蓝本。唐代李白有《北风行》，也明显受到《北风》的启发。由此可见《北风》一诗对后世的深远影响。

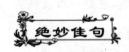

绝妙佳句

北风其凉，雨雪其雱。

惠而好我，携手同行。

作品简介

汉乐府民歌,在我国诗歌史上,是继《诗经》《楚辞》之后出现的第三个重要发展阶段。它以现实主义的创作方法真实地反映了汉代广阔的社会生活和人民的思想感情。

上 邪①

上邪!②

我欲与君相知,③

长命无绝衰。④

山无陵,

江水为竭,

冬雷震震⑤,

夏雨雪⑥,

天地合⑦,

乃敢与君绝!⑧

①这一首是情诗。指天为誓,表示爱情的坚固和永久。

②上:指天。上邪:犹言"天啊"。这句是指天为誓。

③相知:相亲相爱。

④命:令,使。从"长命"句以下是说不但要"与君相知",还要使这种相知永远不绝不衰。

⑤震震:雷声。

⑥雨雪:降雪。雨,音 yù,动词。

文学常识丛书

⑦天地合：天与地合而为一。

⑧乃敢：才敢。"敢"字是委婉的用语。

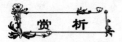

　　本篇是汉乐府《铙歌》中的一首情歌，是一位痴情女子对爱人的热烈表白，在艺术上很见匠心。诗的主人公在呼天为誓，直率地表示了"与君相知，长命无绝衰"的愿望之后，转而从"与君绝"的角度落墨，这比平铺更有情味。

　　这位女子发出了这样的誓言：上天作证，我与你相爱，直到我们都到老没有气息为止，如果我们分手，除非是高山变平地，江水断流，冬天雷声阵阵，夏天飘雪花，天塌地陷，否则任何事也分不开我们。

　　主人公设想了三组奇特的自然变异，作为"与君绝"的条件："山无陵，江水为竭"——山河消失了；"冬雷震震，夏雨雪"——四季颠倒了；"天地合"——再度回到混沌世界。这些设想一件比一件荒谬，一件比一件离奇，以根本不可能发生的自然现象，来比喻一种不可能的离散。这种独特的抒情方式准确地表达了热恋中人特有的绝对化心理。感情挚烈、坦率，风格质朴而又泼辣，深情奇想，确实是"短章之神品"。

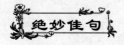

　　山无陵，江水为竭，冬雷震震，夏雨雪，天地合，乃敢与君绝！

作品简介

这是一首汉代乐府民歌,以女子口吻写其因见弃于用情不专的丈夫而表示出的决绝之辞。

文学常识丛书

白头吟

皑如山上雪^①，皎如云间月^②。

闻君有两意^③，故来相决绝^④。

今日斗酒会^⑤，明旦沟水头^⑥；

躞蹀御沟上^⑦，沟水东西流。

凄凄复凄凄^⑧，嫁娶不须啼；

愿得一心人，白头不相离。

竹竿何嫋嫋^⑨，鱼尾何簁簁^⑩。

男儿重意气^⑪，何用钱刀为^⑫！

诗中雪

注释

①皑：白。

②皎：洁白。

③两意：犹"二心"，与下文"一心"相对。

④决绝：断绝。决，一作"诀"。

⑤斗：酒器。

⑥明旦：明日。

⑦躞蹀(xièdié)：小步徘徊貌。御沟：指环绕宫墙或流经宫苑的渠水。

⑧凄凄：悲伤貌。

⑨嫋嫋：柔弱貌。

⑩簁簁(shī)：余冠英以为犹"漇漇"，形容鱼尾像濡湿的羽毛。在中国歌谣里钓鱼常是男女求偶的象征隐语。这两句意思是说，二人在情意相投的时候，正如用竹竿钓鱼一样，竹竿是多么柔长，鱼又是多么欢悦活泼。

⑪意气：情义。

⑫钱刀：钱币。刀，刀币。为：语末疑问词。这二句是说，男子应当重爱情，而今何以为了钱刀而抛弃了我。

赏　析

"有两意"这两句，与首二句"雪"、"月"的美好感情相矛盾，构成转折，又与下文"一心人"相反，形成对比，前后照应自然，而谴责之意亦彰，揭示出全诗的决绝之旨。"今日"四句，承上正面写决绝之辞：今天喝杯诀别酒，是我们最后一次聚会，明晨就将在御沟(环绕宫墙的水渠)旁边徘徊(蹀躞)分手，就像御沟中的流水一样分道扬镳了。"东西流"以渠水分岔而流喻各奔东西。

"凄凄"四句忽一笔宕开，言一般女子出嫁，总是悲伤而又悲伤地啼哭，其实这是大可不必的；只要嫁得一个情意专一的男子，白头偕老，永不分离，就算很幸福了。言外之意，自己今日遭到遗弃才最堪凄惨悲伤，这是初嫁女子无法体会到的滋味。作者泛言他人而暗含自己，辞意婉约而又见顿挫；已临决绝而犹望男方转变，感情沉痛而不失温厚。

结尾四句，复用两喻，说明爱情应以双方意气相投为基础，若靠金钱关系，则终难持久，点破前文忽有"两意"的原故。"竹竿"，指钓鱼竿；"嫋嫋"，形容柔长而轻轻摆动的样子；"簁簁"(shī)即"漇漇"的假借字，形容鱼尾像沾湿的羽毛。"钱刀"，即古代刀形钱币，此处泛指金钱。以鱼竿的柔长轻

文学常识丛书

盈摆动和鱼尾的滋润鲜活,比喻男女求偶,两情欢洽。

　　全诗多用雪、月、沟水、竹竿、鱼尾等来比喻,鲜明生动而又耐人寻味。

　　皑如山上雪,皎如云间月。闻君有两意,故来相决绝。

17

作者简介

    陶渊明(365—427 年)字元亮,字渊明,是东晋同时也是整个魏晋南北朝最杰出的文学家。浔阳柴桑(今江西九江)人。有《陶渊明集》。陶渊明对后代影响最大的是诗歌,在诗歌中最有代表性的是田园诗。

文 学 常 识 丛 书

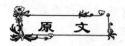

癸卯岁十二月中作与从弟敬远①

诗中雪

寝迹衡门下②,邈与世相绝。

顾盼莫谁知,荆扉昼常闭。

凄凄岁暮风,翳翳③经日雪。

倾耳无希声④,在目皓已洁。

劲气侵襟袖,箪瓢谢屡设⑤。

萧索空宇⑥中,了无一可悦!

历览千载书,时时见遗烈⑦。

高操非所攀,谬得⑧固穷节。

平津苟不由,栖迟讵为拙⑨!

寄意一言外,兹契谁能别⑩?

19

①癸卯岁:晋安帝元兴二年(公元403年),此时渊明39岁。敬远:渊明表弟,二人志趣相投,曾在一起躬耕读书。本诗所说的是两人的共同情况,抒写以相慰籍。

②寝迹:卧息与行踪。衡门:横木为门,指居处浅陋。

③翳翳:阴晦貌。

④无希声:据王念孙之说,当为"希无声",与下句"皓已洁"对文。

⑤箪瓢:饮食器具。谢:谢绝。屡设:常设。此句意谓像颜回那样的箪食瓢饮都达不到。

⑥空宇:空屋。

⑦遗烈:指伯夷和叔齐,二人因耻食周粟饿死在首阳山。

⑧谬得:谦词。

⑨平津:坦途、大道。苟:尚且。由:遵从。栖迟:隐居。讵:岂。

⑩兹:此。契:意旨。别:辨别。全句意:只有敬远能辨此意。

赏　析

诗的题目表明:这首诗写于晋安帝元兴二年(403年)十二月中。这一年东晋王朝发生了桓玄公开篡夺晋安帝帝位的大事,而且在篡位之后,还把晋安帝迁徙到陶渊明的家乡浔阳,把他幽禁起来。陶渊明曾到过江陵,在当时任荆、江诸州刺史的桓玄手下作过事。陶渊明对这件事有无限的悔恨,对俯仰由人的宦途生活有深长的感叹,那时就有辞官归田的决心。了解这段史实,就不难理解这首诗的主旨。

"寝迹衡门下,邈与世相绝。顾盼莫谁知,荆扉昼常闭。"当桓玄在建康公然篡夺帝位,把晋安帝迁禁于寻阳时,陶渊明却在浔阳的茅屋里,闭户高吟这几句诗,对桓玄称帝的时事,不屑一提,令人赞叹其高傲遗世的风度。

"凄凄岁暮风,翳翳经日雪。倾耳无希声,在目皓已洁。"作诗时,正值暮冬大雪。粗一看,诗人毫不经意地描述着冬天大雪的过程,但反复品味,诗人又好像是精心刻画出人们在冬雪时候的一切细微的感觉:随着一阵阵凄厉的风声,窗外是越来越暗淡阴沉的天色,暮雪降下来了,再渐渐过渡到听不到一点风声,抬头一看,眼前已是一片晶莹洁白的世界。这些景语和诗中表现的诗人的胸怀志趣很微妙地融合在一起,毫无雕琢的痕迹。

"劲气侵襟袖,箪瓢谢屡设,萧索空宇中,了无一可悦。"紧接着雪景,就直写自己饥寒贫困的感受。用笔是严峻的,在物质生活方面,诗人当时几乎已丧失了一切生活的乐趣。但是,这首诗的诗意,正是要从严峻的诗句中引导出来。

"历览千载书,时时见遗烈;高操非所攀,谬得固穷节。"在生活极度严峻的时候,他翻开了古人的书籍,边读边想,一个个光辉的古人形象,浮到眼前来了。古人高尚的人格风范,使他得到了安慰和支持;而其中最大的安慰,就是从历史人物的镜子里,照出了自己的形象。他以谦逊的语言说,古人光辉典型,如不食周粟而死的叔齐,我自然不敢高攀比拟;但古人那不因羡慕富贵而改变节操的固穷的骨气,自己仿佛也学得几分了!

"平津苟不由,栖迟讵为拙! 寄意一言外,兹契谁能别?""平津"就是平坦的大道,也就是世俗人们所共趋的大道,诗人说自己既不愿走举世共趋的康庄大道,那么过两天贫困隐居的生活也就不为笨拙了。末两句是说自己这番固穷的心意,在当世无人理解,只有从弟敬远一人是自己的知己。

全诗没有一个字涉及时事,但诗题"癸卯"两字对熟悉晋史的人,又确实是"指而可想"。此诗的艺术技巧,就在善用衬托。用凄凄、翳翳的暮冬阴暗的天色,衬托出雪景的晶莹洁白;用萧索饥寒的生活情景,衬托出诗人光明磊落的人格。极简洁严峻的语言,却给人极丰富的暗示。写雪的几句诗,历来为评点家们所称道。

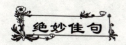

凄凄岁暮风,翳翳经日雪。倾耳无希声,在目皓已洁。

作者简介

　　孔稚珪(447——501 年),字德璋。会稽山阴(今浙江省绍兴)人。曾任齐太子詹事等职。为人洒脱,不乐世务,爱山水,门庭之内,草菜不剪。有《孔詹事集》辑本一卷。

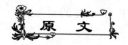

诗中雪

游太平山①

石险天貌分，

林交日容缺。

阴涧落春荣，

寒岩留夏雪。

①太平山：在今浙江省绍兴县东南七十八里。

　　作者描绘了这样一幅图景：山石奇峻险要，天如同被分割切开来了，林木交错着排列，日光遮蔽住这些错杂相交的树木。在阴幽的深山涧里，春花缤纷落地，寒冷的高山岩石，在夏天还可以看见白雪。

　　前两句描写仰视所见之景：峥嵘的山石，直插云霄，仿佛刺破天空；林木葱郁，从交错覆盖的叶片间望上去，太阳也似乎残缺不全。这两句勾勒出太平山险峻幽深之势，令人如临其境。

　　接下去两句分别从俯视、远视的角度描写山麓与山顶迥然不同的景观：阳光照射不到的山涧里，落花缤纷，随水流而去；山顶上寒气凛冽，终年

23

积雪,即使是夏天也不会融化。烂漫春花与皑皑白雪并存一时的奇观,正是山麓与山顶气候差异造成的,可见太平山海拔之高。

此诗对仗工整,写景生动,布局巧妙,宛如一幅浓淡相宜的山水画。

阴涧落春荣,

寒岩留夏雪。

作者简介

　　李颀(690—751年),东川(今四川三台)人,少年时曾寓居河南登封。开元十三年进士,做过新乡县尉的小官,诗以写边塞题材为主,风格豪放,慷慨悲凉,七言歌行尤具特色。

古从军行

白日登山望烽火①,黄昏饮马傍交河。

行人刁斗风沙暗,公主琵琶②幽怨多。

野营万里无城郭,雨雪纷纷连大漠。

胡雁哀鸣夜夜飞,胡儿眼泪双双落。

闻道玉门犹被遮,应将性命逐轻车③。

年年战骨埋荒外,空见蒲桃入汉家。

①烽火:古代一种警报。

②公主琵琶:汉武帝时以江都王刘建女细君嫁乌孙国王昆莫,恐其途中烦闷,故弹琵琶以娱之。

③闻道两句:汉武帝曾命李广利攻大宛,欲至贰师城取良马,战不利,广利上书请罢兵回国,武帝大怒,发使遮玉门关,曰:"军有敢入,斩之!"两句意谓边战还在进行,只得随着将军去拼命。

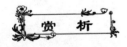

"从军行"是乐府古题。此诗其实是写当代之事,由于怕犯忌,所以题

目加上一个"古"字。它对当代帝王穷兵黩武,视民命如草芥的行径,加以讽刺,悲多于壮。

诗开首先写了紧张的从军生活。一、二句写"白日"、"黄昏"的情况,那么夜晚又如何呢?三、四句接着描绘:风沙弥漫,一片漆黑,只听得见军营中巡夜的打更声和那如泣如诉的幽怨的琵琶声。景象是多么肃穆而凄凉!"行人",是指出征将士,这样就与下一句的公主出塞之声,引起共鸣了。

接着,诗人又着意渲染边陲的环境。军营所在,四顾荒野,无城郭可依,"万里"极言其辽阔;雨雪纷纷,以至与大漠相连,其凄冷酷寒的情状亦可想见。以上六句,写尽了从军生活的艰苦。接下来,似乎应该正面点出"行人"的哀怨之感了。可是诗人却别具机杼,背面溥粉,写出了"胡雁哀鸣夜夜飞,胡儿眼泪双双落"两句。胡雁胡儿都是土生土长的,尚且哀啼落泪,何况远戍到此的"行人"呢?两个"胡"字,有意重复,"夜夜"、"双双"又有意用叠字,有着烘云托月的艺术力量。

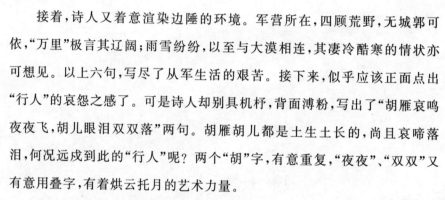

面对这样恶劣的环境,谁不想班师复员呢?可是办不到。"闻道玉门犹被遮"一句,笔一折,似当头一棒,打断了"行人"思归之念。据《史记·大宛传》记载,汉武帝太初元年,汉军攻大宛,攻战不利,请求罢兵。汉武帝闻之大怒,派人遮断玉门关,下令:"军有敢入者辄斩之。"这里暗刺当朝皇帝一意孤行,穷兵黩武。随后,诗人又压一句,罢兵不能,"应将性命逐轻车",只有跟着本部的将领"轻车将军"去与敌军拼命,这一句其份量压倒了上面八句。下面一句,再接再厉。拼命死战的结果如何呢?无外乎"战骨埋荒外"。诗人用"年年"两字,指出了这种情况的经常性。全诗一步紧一步,由军中平时生活,到战时紧急情况,最后说到死,为的是什么?这十一句的压力,逼出了最后一句的答案:"空见蒲桃入汉家。"言外之意,可见帝王是怎样的草

诗中雪

菅人命了。

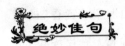
绝妙佳句

野营万里无城郭,雨雪纷纷连大漠。

胡雁哀鸣夜夜飞,胡儿眼泪双双落。

作者简介

祖咏(699—746年),洛阳(今属河南)人,仕途落拓,后归隐汝水一带。他的诗以描写山水为主,辞意清新,文字洗炼,宣扬隐逸生活。其诗讲求对仗,亦带有诗中有画之色彩。

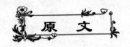

终南望余雪

终南①阴岭②秀，积雪浮云端。

林表明霁色③，城中增暮寒。

①终南：终南山。

②阴岭：背向太阳的山岭。

③林表：林木树梢。霁(jì)色：雪停后的日光。

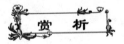

从长安城中遥望终南山，所见的自然是它的"阴岭"（山北叫"阴"）；而且，唯其"阴"，才有"余雪"。"阴"字下得很确切。"秀"是望中所得的印象，既赞颂了终南山，又引出下句。"积雪浮云端"，就是"终南阴岭秀"的具体内容。这个"浮"字下得多生动！自然，积雪不可能浮在云端。这是说：终南山的阴岭高出云端，积雪未化。云，总是流动的；而高出云端的积雪又在阳光照耀下寒光闪闪，不正给人以"浮"的感觉吗？"林表明霁色"中的"霁色"，指的就是雨雪初晴时的阳光给"林表"涂上的色彩。

终南山距长安城南约六十华里，遥望终南山，阴天固然看不清，就是在

文学常识丛书

大晴天，一般看到的也是笼罩终南山的蒙蒙雾霭；只有在雨雪初晴之时，才能看清它的真面目。所以，如果写从长安城中望终南余雪而不用一个"霁"字，却说望见终南阴岭的余雪如何如何，那就不是客观真实了。

这样，前三句写"望"中所见；末一句，写"望"中所感。俗谚有云："下雪不冷消雪冷"；又云："日暮天寒"。一场雪后，只有终南阴岭尚余积雪，其他地方的雪正在消融，吸收了大量的热，自然要寒一些；日暮之时，又比白天寒；望终南余雪，寒光闪耀，就令人更增寒意。

这首诗一直流传至今，被清代诗人王渔称为咏雪最佳作。诗人描写了终南山的余雪，远望积雪，长安城也增添了寒意。这诗精练含蓄，别有新意。

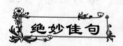

林表明霁色，城中增暮寒。

作者简介

　　王维(699—759 年),字摩诘,盛唐时期的著名诗人,官至尚书右丞,原籍祁(今山西祁县),迁至蒲州(今山西永济),崇信佛教,晚年居于蓝田辋川别墅。擅画人物、丛竹、山水。唐人记载其山水面貌有二:其一类似李氏父子,另一类则以破墨法画成,其名作《辋川图》即为后者。可惜至今已无真迹传世。传为他的《雪溪图》及《济南伏生像》都非真迹。

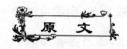

观 猎

风劲角弓鸣①,将军猎渭城②。

草枯鹰眼疾,雪尽马蹄轻。

忽过新丰市,还归细柳营③。

回看射雕处,千里暮云平。

注 释

①角弓鸣:指拉弓放箭声。

②渭城:秦咸阳故城。

③细柳营:是汉代周亚夫屯军之地。

赏 析

王维这首五律,以八句诗写了一个狩猎的全过程。

首联"风劲角弓鸣,将军猎渭城",开篇写到了"劲风"、"角弓鸣"。通常,劲风会造成射猎的障碍,但对于勇武的将军,劲风正是对勇武的一个有力反衬,反衬出将军锐不可当的气势;劲风猛吹,角弓鸣响,未见其人,先闻其声,在威威赫赫的声势中引出了将军,艺术氛围上有先声夺人之势,如果将两句掉转,就比较平凡了。

33

颔联"草枯鹰眼疾，雪尽马蹄轻"。在射猎之地，草已枯黄，积雪也消尽了。草枯，走兽则无处躲藏，更显示出鹰眼的锐利；雪尽，战马奔驰便少沾滞，更觉轻快。这两句话，表面看只写了鸷鹰、骏马，然而，它不仅仅是写鹰与马，实际上通过写鸷鹰骏马还是在写人，写出了将军雄姿英发的威武气概。

颈联"忽过新丰市，还归细柳营"，是写射猎的队伍忽然卷过新丰市，又回到细柳营。"新丰市"与"细柳营"这两个地名的选择，包蕴了诗人艺术的匠心。此二地名俱见《汉书》，诗人兴会所至，一时汇集，典雅有味，原不必指实。"新丰市"自汉高祖刘邦组建这个新市，到了唐代已发展为极富文化底蕴的地方。一提新丰市，至少引人两方面的遐想：一是此地产美酒，一是此地是豪侠之士聚集之地。将军带领人马也到了新丰市，就暗含着赞赏将军潇洒的风度和豪爽的英姿。"细柳营"是汉代名将周亚夫的屯兵之所，周亚夫以军威军纪严整而深得汉文帝的赞赏。诗中特意写出将军人马到细柳营，似谓诗中狩猎的主人公亦具名将之风度，与其前面射猎时意气风发、飒爽英姿的形象正相吻合。

尾联"回看射雕处，千里暮云平"。雕是一种猛禽，飞得既高又远，不易射中，古代常用射雕来标志射箭技术的高超。将军回过头来看射雕处，射猎场已被沉沉暮云笼罩住了，猎场辽阔，苍茫渺远。将军就是从这个广阔天地里奔驰而来，极其豪迈，极其淋漓酣畅。

综观全诗，半写出猎，半写猎归，起得突兀，结得意远，中两联一气流走，承转自如，有格律束缚不住的气势，又能首尾回环映带，体合五律，这是章法之妙。诗中藏三地名而使人不觉，用典浑化无迹，写景俱能传情，至如三四句既穷极物理又意见于言外，这是句法之妙。"枯"、"尽"、"疾"、"轻"、"忽过"、"还归"，遣词用字准确锤炼，都能照应,这是字法之妙。所有这些手法,又都很能表达诗中人远出的意态与豪情。所以,此诗堪称盛唐佳作。

绝妙佳句

草枯鹰眼疾,雪尽马蹄轻。

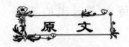

冬晚对雪忆胡居士家

寒更传晓箭,清镜览衰颜。

隔牖①风惊竹②,开门雪满山。

洒空深巷静,积素广庭闲。

借问袁安舍,翛然③尚闭关。

①牖:窗户。

②风惊竹:风中带雪,打在竹上,发出沙沙的响声。

③翛(xiāo)然:无拘无束、自由自在的样子。

文学常识丛书

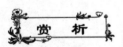

这首《冬晚对雪忆胡居士家》是一首雪中思友的诗,表达出对友人深切的关怀。胡居士家境清寒,信奉佛教,住处距王维不远,王维曾经周济过他。前六句写山居的静寂,雪景的清幽,结尾处的对雪怀人之情,就是在这样一个特定的环境中自然地触发出来。中二联是写雪景的名句。一般人用鹅毛柳絮、碎琼乱玉等来写雪景。王维写雪,笔墨空灵,感觉细腻而有层次。诗人先从听觉着笔,写他夜里隔着窗子听见风吹动竹子的声响;接着写视觉所见:清晨开门一看,才发觉皑皑白雪已铺满了山头。"风听竹"有声,"雪满山"有色,境界空阔,又紧扣着诗人隔窗"听"和开门"看"的动作神态,一惊一叹的内心感受,这就使人如临其境。接下去的一联,"洒空"二字摹写动态,描绘雪花纷纷扬扬、漫空飞舞之态;"积素"二字写静,表现地面上已积起厚厚的一层白雪。"深巷静"、"广庭闲",则渲染雪夜里深巷、广庭环境的清寂,传达出诗人的心境。王维吸取了前人写雪的艺术经验,同样运用不粘滞于物象而纯从感觉印象着以淡墨的表现方法,绘出一幅清寒、寂静而又有声息、光色、动感和生气的夜雪图。于是清人刘熙载评论这首诗:"情句中有景字,景句中有情字。诗要细筋入骨,必由善用此字得之。"由此,王维这首诗虽笔墨萧疏简淡,雪景也宛然夺目,思绪也油然而生。

绝妙佳句

　　隔牖风惊竹,开门雪满山。

作者简介

　　李白(701—762 年)，字太白，号青莲居士。祖籍陇西成纪(今甘肃省天水市附近的秦安县)，隋朝末年其先祖因罪徙在中亚细亚。李白的家世和出生地至今还是个谜，学术界说法不一。一说李白就诞生在安西都护府所辖的碎叶城，五岁时随父迁到绵州昌隆县青莲乡。李白是唐朝伟大的浪漫主义诗人。

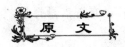

北风行

烛龙栖寒门,光耀犹旦开。

日月照之何不及此,唯有北风号怒天上来。

燕山雪花大如席,片片吹落轩辕台。

幽州思妇十二月,停歌罢笑双蛾摧。

倚门望行人,念君长城苦寒良可哀。

别时提剑救边去,遗此虎文金鞞靫①。

中有一又白羽箭,蜘蛛结网生尘埃。

箭空在,人今战死不复回。

不忍见此物,焚之已成灰。

黄河捧土尚可塞,北风雨雪恨难裁。

①鞞靫:装箭的袋子。

这首诗起先照应题目,从北方苦寒着笔。这正是古乐府通常使用的手法,这样的开头有时甚至与主题无关,只是作为起兴。但这首《北风行》还略有不同,它对北风雨雪的着力渲染,倒不只为了起兴,也有着借景抒情、烘托主题的作用。

李白是浪漫主义诗人,常常借助于神话传说。"烛龙栖寒门,光耀犹旦开",这两句诗的意思是:烛龙栖息在极北的地方,那里终年不见阳光,只以烛龙的视瞑呼吸区分昼夜和四季,代替太阳的不过是烛龙衔烛发出的微光。怪诞离奇的神话虽不足凭信,但它所展现的幽冷严寒的境界却借助于联想成为真实可感的艺术形象。在此基础上,作者又进一步描写足以显示北方冬季特征的景象。"燕山雪花大如席,片片吹落轩辕台。幽州思妇十二月,停歌罢笑双蛾摧。"这两句诗点出"燕山"和"轩辕台",就由开头泛指广大北方具体到幽燕地区,引出下面的"幽州思妇"。

作者用"停歌"、"罢笑"、"双蛾摧"、"倚门望行人"等一连串的动作来刻画人物的内心世界,塑造了一个忧心忡忡、愁肠百结的思妇形象。这位思妇正是由眼前过往的行人,想到自己远行未归的丈夫;由此时此地的苦寒景象,引起对远在长城的丈夫的担心。这里没有对长城作具体描写,但"念君长城苦寒良可哀"一句可以使人想到,定是长城比幽州更苦寒,才使得思妇格外忧虑不安。而幽州苦寒已被作者写到极致,则长城的寒冷、征人的困境便不言自明。前面的写景为这里的叙事抒情作了伏笔,作者的剪裁功夫也于此可见。

"别时提剑救边去,遗此虎文金鞞靫","鞞靫"是装箭的袋子。这两句写思妇忆念丈夫,但路途遥远,无由得见,只得用丈夫留下的饰有虎纹的箭袋寄托情思,排遣愁怀。这里仅用"提剑"一词,就刻画了丈夫为国慷慨从戎的英武形象,使人对他后来不幸战死更生同情。因丈夫离家日久,白羽箭上已蛛网尘结。睹物思人,已是黯然神伤,更那堪"箭空在,人今战死不复回",物在人亡,倍觉伤情。"不忍见此物,焚之已成灰"一笔,入木三分地刻画了思妇将种种离愁别恨、忧思悬想统统化为极端痛苦的绝望心情。

文学常识丛书

诗到此似乎可以结束了，但诗人并不止笔，他用惊心动魄的诗句倾泻出满腔的悲愤："黄河捧土尚可塞，北风雨雪恨难裁"。这里说即使黄河捧土可塞，思妇之恨也难裁，这就极其鲜明地反衬出思妇愁恨的深广和她悲愤得不能自已的强烈感情。北风号怒，飞雪漫天，满目凄凉的景象更加浓重地烘托出悲剧的气氛，它不仅又一次照应了题目，使首尾呼应，结构更趋完整；更重要的是使景与情极为和谐地交融在一起，使人几乎分辨不清哪是写景，哪是抒情。思妇的愁怨多么像那无尽无休的北风雨雪，真是"此恨绵绵无绝期"！结尾这两句诗恰似火山喷射着岩浆，又像江河冲破堤防，产生了强烈的震撼人心的力量。

诗中雪

日月照之何不及此，唯有北风号怒天上来。燕山雪花大如席，片片吹落轩辕台。

行路难三首(其一)

金樽①清酒斗十千,玉盘珍羞②直万钱。

停杯投箸③不能食,拔剑四顾心茫然。

欲渡黄河冰塞川,将登太行雪满山。

闲来垂钓碧溪上,忽复乘舟梦日边。

行路难,行路难,多歧路④,今安在?

长风破浪会有时,直挂云帆济沧海。

①金樽:酒杯。

②珍羞:精美菜肴。

③箸:筷子。

④歧路:岔道。

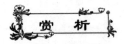

这是李白所写的三首《行路难》的第一首。这组诗从内容看,应该是写在天宝三年(744年)李白离开长安的时候。

诗的前四句写朋友出于对李白的深厚友情,出于对这样一位天才被弃置的惋惜,不惜金钱,设下盛宴为之饯行。要是在平时,"嗜酒见天真"的李白,肯定会"一饮三百杯"的。然而,这一次他端起酒杯,却又把酒杯推开了;拿起筷子,却又把筷子撂下了。他离开座席,拔下宝剑,举目四顾,心绪茫然。停、投、拔、顾四个连续的动作,形象地显示了内心的苦闷抑郁和感情的激荡。

接着两句紧承"心茫然",正面写"行路难"。诗人用"冰塞川"、"雪满山"象征人生道路上的艰难险阻。一个怀有伟大政治抱负的人物,在受诏入京、有幸接近皇帝的时候,皇帝却不能任用,被"赐金还山",变相撵出了长安,这不正像遇到冰塞黄河、雪拥太行吗!但是,李白并不软弱,从"拔剑四顾"开始,就表示着不甘消沉,而要继续追求。"闲来垂钓碧溪上,忽复乘舟梦日边。"诗人在心境茫然之中,忽然想到两位开始在政治上并不顺利,而最后终于大有作为的人物:一位是吕尚,九十岁在磻溪钓鱼,得遇文王;一位是伊尹,在受汤聘前曾梦见自己乘舟绕日月而过。想到这两位历史人物的经历,又给诗人增加了信心。

"行路难,行路难,多歧路,今安在?"吕尚、伊尹的遇合,固然增加了对未来的信心,但当他的思路回到现实中来的时候,又再一次感到人生道路的艰难。离筵上瞻望前程,只觉前路崎岖,歧途甚多,要走的路,究竟在哪里呢?这是感情在尖锐复杂的矛盾中再一次回旋。但李白倔强而又自信,决不愿在离筵上表现自己的气馁。他那种积极用世的强烈要求,终于使他再次摆脱了歧路彷徨的苦闷,唱出了充满信心与展望的强音:"乘风破浪会有时,直挂云帆济沧海!"他相信尽管前路障碍重重,但仍将会有一天要像刘宋时宗悫所说的那样,乘长风破万里浪,挂上云帆,横渡沧海,到达理想的彼岸。

这首诗通过层层迭迭的感情起伏变化,既充分显示了黑暗污浊的政治现实对诗人的宏大理想抱负的阻遏,反映了由此而引起的诗人内心的强烈苦闷、愤郁和不平,同时又突出表现了诗人的倔强、自信和他对理想的执着追求，展示了诗人力图从苦闷中挣脱出来的强大精神力量。

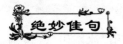

长风破浪会有时，直挂云帆济沧海。

文学常识丛书

44

作者简介

　　高适(约702—765年)字达夫,渤海修(今河北沧县)人。曾和李白、杜甫在齐赵一带饮酒游猎,怀古赋诗。官至淮南、剑南西川节度使,最后任散骑常侍,死于长安。

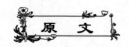

别董大①二首(其一)

千里黄云白日曛②,北风吹雁雪纷纷。

莫愁前路无知己,天下谁人不识君③?

①董大:唐玄宗时著名的琴客董庭兰。在兄弟中排行第一,故称"董大"。

②曛:昏暗。

③君:指的是董大。

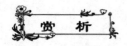

这是一首送别诗,送的是著名的琴师董庭兰。这首诗之所以卓绝,是因为高适"多胸臆语,兼有气骨"(殷璠《河岳英灵集》)、"以气质自高"(《唐诗纪事》),因而能为志士增色,为游子拭泪! 如果不是诗人内心的郁积喷薄而出,如何能把临别赠语说得如此体贴入微,如此坚定不移? 又如何能使此朴素无华之语言,铸造出这等冰清玉洁、醇厚动人的诗情!

诗的前两句"千里黄云白日曛,北风吹雁雪纷纷",用白描手法写眼前之景,北风呼啸,黄沙千里,遮天蔽日,到处灰蒙蒙,以致云也似乎变成黄色,本来璀璨耀眼的阳光现在也淡然失色,如同落日的余辉一般。大雪纷纷扬扬地飘落,群雁排着整齐的队形向南飞。

诗人在这样的环境中,送别这位身怀绝技却又无人赏识的音乐家。头两句以叙景而见内心之郁积,虽不涉人事,已使人如置身风雪之中,似闻山巅水涯有壮士长啸。此处如不用尽气力,则不能见下文转折之妙,也不能见下文言辞之婉转,用心之良苦,友情之深挚,别意之凄酸。后两句于慰藉之中充满信心和力量。因为是知音,说话才朴质而豪爽。又因他的沦落,才以希望作为安慰。

诗中雪

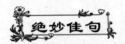

绝妙佳句

莫愁前路无知已,天下谁人不识君

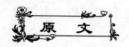

塞上①听吹笛

雪净胡天牧马还②,月明羌笛戍楼③间。

借问梅花何处落④,风吹一夜满关山⑤。

①塞上:边塞地区。

②胡天:指西北边塞地区。胡是古代对西北部民族的称呼。牧马:放马。西北部民族以放牧为生。

③戍(shù)楼:防卫的城楼。

④梅花何处落:羌笛曲有《梅花落》。这里是问笛声传到了哪里。

⑤关山:山川关口。

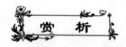

前两句写胡天北地,冰雪消融,是牧马的时节了。傍晚战士赶着马群归来,天空洒下明月的清辉……开篇就造成一种边塞诗中不多见的和平宁谧的气氛,这与"雪净"、"牧马"等字面大有关系。那大地解冻的春的消息,牧马晚归的开廓情景使人联想到《过秦论》中一段文字:"蒙恬北筑长城而守藩篱,却匈奴七百余里,胡人不敢南下而牧马",则"牧马还"三字似还含另一重意味,这就是胡马北还,边烽暂息,于是"雪净"也有了几分象征危解的意味。这个开端为全诗定下了一个开朗壮阔的基调。

在如此苍茫而又清澄的夜境里,不知哪座戍楼吹起了羌笛,那是熟悉的《梅花落》曲调啊。"梅花何处落"是将"梅花落"三字拆用,嵌入"何处"二字,意谓:何处吹奏《梅花落》?

三四句之妙不仅如此。将"梅花落"拆用,又构成一种虚景,仿佛风吹的不是笛声而是落梅的花片,它们四处飘散,一夜之中和色和香洒满关山。这固然是写声成象,但它是由曲名拆用形成的假象,以设问出之,虚之又虚。而这虚景又恰与雪净月明的实景配搭和谐,虚实交错,构成美妙阔远的意境,这境界是任何高明的画手也难以画出的。不过,这种思乡情绪并不低沉,这不但是为首句定下的乐观开朗的基调所决定的,同时也有关乎盛唐气象。

高适曾一度浪迹边关,他两次出塞,去过辽阳,到过河西,边关的风雨铸就了他安边定远的理想,也孕育出他那激昂粗犷的诗情。然而,在他的那些雄浑的旋律中,《塞上听吹笛》一曲,却跳动出别具一格,冰清玉洁般的音符,这又给他的边塞诗添上了另一种色彩。

借问梅花何处落,风吹一夜满关山。

作者简介

刘长卿(? ——约790年)字文房,郡望河间(今属河北),籍贯宣城(今属安徽)。

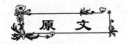

逢雪宿芙蓉山①主人

日暮苍山②远，天寒白屋③贫。

柴门闻犬吠④，风雪夜归人。

诗中雪

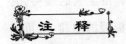

①芙蓉山：地名。

②苍山：青山。

③白屋：贫家的住所。房顶用白茅覆盖，或木材不加油漆叫白屋。

④犬吠：狗叫。

51

赏　析

　　前两句，写诗人投宿山村时的所见所感。首句"日暮苍山远"，"日暮"点明时间，正是傍晚。"苍山远"，是诗人风雪途中所见。青山遥遥迷蒙，暗示跋涉的艰辛，急于投宿的心情。次句"天寒白屋贫"点明投宿的地点。"白屋"，主人家简陋的茅舍，在寒冬中更显得贫穷。"寒"、"白"、"贫"三字互相映衬，渲染贫寒、清白的气氛，也反映了诗人独特的感受。

　　后两句写诗人投宿主人家以后的情景。"柴门闻犬吠"，诗人进入茅屋已安顿就寝，忽从卧榻上听到吠声不止。"风雪夜归人"，诗人猜想大概是芙蓉山主人披风戴雪归来了吧。这两句从耳闻的角度落墨，给人展示了一个犬吠人归的场面。

刘长卿这首诗的意境是从"夜"这个中心词生发开去的。"夜"是全诗的脉络，"天寒"和"风雪"加深了"夜"的寒意。这夜，是眼前客观现实的寒夜，也是诗人内心对时势有所感受的象征意味的寒夜。刘长卿是一个"魏阙心常在，随君亦向秦"（《送王员外归朝》）的入世者，但现实生活却让他沦为一个寄迹楚湘的谪臣。他痛恨上司诬加的罪名，也深知代宗的圣意难违。在诗人心目中朝廷和官场的现状就如这"风雪夜"一般寒冷，他既不愿随波逐流、攀龙附凤，又没有力量拨乱反正，自然只好怆然喟叹。由于在人生道路上长期奔波，当诗人这一次于风雪之夜得到芙蓉山主人的接待，其内心的复杂思绪：悲凉、辛酸之感中夹杂着某种庆幸和温暖的慰藉，是可以想见的。

柴门闻犬吠，风雪夜归人。

作者简介

　　杜甫(公元 712—770 年),字子美,唐代著名诗人。祖籍襄阳(今属湖北),生于河南巩县。

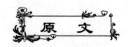

见　寄

东阁官梅动诗兴,还如何逊①在扬州。

此时对雪遥相忆,送客逢春可自由?

幸不折来伤岁暮,若为看去乱乡愁。

江边一树②垂垂发,朝夕催人自白头。

①何逊:南朝梁代诗人。

②江边一树:诗人草堂门前浣花溪边的一株梅树。

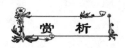

"东阁官梅动诗兴,还如何逊在扬州。"这二句赞美裴迪咏早梅诗:你在蜀州东亭看到梅花凌冬盛开,诗兴勃发,写出了如此动人的诗篇,倒像当年何逊在扬州咏梅那般高雅。何逊是杜甫所佩服的南朝梁代诗人,这里把裴迪与何逊相比,是表示对裴迪和他的推崇。

"此时对雪遥相忆,送客逢春可自由?"二句上承"动诗兴",就是看到飞雪就想起故人,思念不已,这样就表达了对故人的深深谢忱和心心相印的情谊。"此时",即唐肃宗上元元年末、二年初,正是安史叛军气焰嚣张、大

文学常识丛书

唐帝国多难之际，裴杜二人又都来蜀中万里做客，"同是天涯沦落人"，相忆之情，弥足珍重。

"幸不折来伤岁暮，若为看去乱乡愁。"早梅开花在岁末春前，它能使人感到岁月无情，老之易至，又能催人加倍思乡，渴望与亲人团聚。大概裴诗有叹惜不能折梅相赠之意吧。诗人庆幸未蒙以梅相寄，恳切地告诉友人，不要以此而感到不安和抱歉，在我草堂门前的浣花溪上，也有一株梅树呢。"江边一树垂垂发，朝夕催人自白头。"这一树梅花啊，目前也在渐渐地开放，好像朝朝暮暮催人老去，催得我早已白发满头了。倘蒙您再把那里的梅花寄来，让它们一起来折磨我，我可怎么承受得了！催人白头的不是梅，而是愁老去之愁，失意之愁，思乡之愁，忆友之愁，最重要的当然还是忧国忧民、伤时感世之愁，千愁百感，攒聚一身，此头安得不白？

本诗通篇都以早梅伤愁立意，前两联就着"忆"字感谢故人对自己的思念，后两联围绕"愁"字抒写诗人自己的情怀，构思重点在于抒情，不在咏物，但此诗历来被推为咏梅诗的上品。

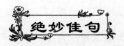
绝妙佳句

江边一树垂垂发，朝夕催人自白头。

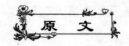
对 雪

战哭多新鬼，愁吟独老翁。

乱云低薄暮，急雪舞回风。

瓢①弃樽无绿，炉存火似红。

数州消息断，愁坐正书空②。

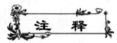
注 释

①瓢：葫芦。

②书空：用手在空中划着字。

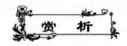
赏 析

杜甫这首诗是在被安禄山占领下的长安写的。长安失陷时，他逃到半路被叛军抓住，解回长安。幸而安禄山不怎么留意他，他也设法隐蔽自己；但是痛苦的心情，艰难的生活，仍折磨着诗人。

在写这首诗之前不久，泥古不化的宰相房琯率领唐军与敌人作车战，大败，死伤几万人。诗的开头——"战哭多新鬼"，正暗点了这个事实。房琯既败，收复长安暂时没有希望，给诗人平添了一层愁苦，又不能向人倾诉。所以上句用一"多"字，反映心情的沉重；下句"愁吟独老翁"，就用一

"独"字,以见环境的险恶,自己的孤苦。

三、四两句——"乱云低薄暮,急雪舞回风",正面写出题目。先写黄昏时的乱云,次写旋风中乱转的急雪。这样就分出了层次,愿出题中那个"对"字,暗示诗人独坐斗室,反复愁吟,从乱云欲雪一直呆到急雪回风,满怀愁绪,仿佛和严寒的天气交织融化在一起了。

接着写诗人贫寒交困的景况。"瓢弃樽无绿",古人诗文中称葫芦为瓢,通常拿来盛茶酒。樽,又作尊,似壶而口大,盛酒器。句中以酒的绿色代替酒字。诗人困居长安,生活非常艰苦,找不到一滴酒。葫芦早就扔掉,樽里空空如也。"炉存火似红",也没有柴火,剩下的是一个空炉子。这里,诗人不说炉中没有火,而偏偏要说有"火",而且还下一"红"字,写得好像炉火熊熊,满室生辉,然后用一"似"字点出幻境。明明是冷不可耐,明明是炉中只存灰烬,由于对温暖的渴求,诗人眼前却出现了幻象:炉中燃起了熊熊的火,照得眼前一片通红。这样的无中生有、以幻作真的描写,深刻挖出了诗人此时内心世界的隐秘,比之"炉冷如冰"之类,有着不可比拟的深度。

最后,诗人再归结到对于时局的忧念。诗人陷身长安,前线战况和妻子弟妹的消息都无从获悉,所以说"数州消息断",而以"愁坐正书空"结束全诗。"书空"是晋人殷浩的典故,意思是忧愁无聊,用手在空中划着字。这首诗表现了杜甫对国家和亲人的命运深切关怀而又无从着力的苦恼心情。

瓢弃樽无绿,炉存火似红。

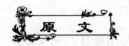

绝　句

两个黄鹂鸣翠柳，一行白鹭①上青天。

窗含西岭②千秋雪③，门泊④东吴万里船。

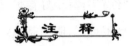

①鹭：一种水鸟名，鹭鸶。

②西岭：指岷山。

③千秋雪：终年不化的积雪。

④泊：停靠。

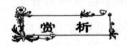

公元762年，成都尹严武入朝，蜀中发生动乱，杜甫一度避往梓州，翌年安史之乱平定，再过一年，严武还镇成都。杜甫得知这位故人的消息，也回到成都草堂。这时他的心情特别好，面对这生气勃勃的景象，写下了这首小诗。

诗的上联是一组对仗句。草堂周围多柳，新绿的柳枝上有成对黄鹂在欢唱，一派愉悦景象，有声有色，构成了新鲜而优美的意境。"两个黄鹂鸣翠柳"，鸟儿成双成对，呈现一片生机，具有喜庆的意味。次句写蓝天上的白鹭在自由飞翔。这种长腿鸟飞起来姿态优美，自然成行。晴空万里，一碧如洗，白鹭在"青天"映衬下，色彩极其鲜明。

诗的下联也由对仗句构成。上句写凭窗远眺西山雪岭。岭上积雪终年不化，所以积聚了"千秋雪"。而雪山在天气不好时见不到，只有空气清澄的晴日，它才清晰可见。用一"含"字，此景仿佛是嵌在窗框中的一幅图画，近在目前。观赏到如此难得见到的美景，诗人心情的舒畅不言而喻。下句再写向门外一瞥，可以见到停泊在江岸边的船只。江船本是常见的，但"万里船"三字却意味深长。因为它们来自"东吴"。因为多年战乱，水陆交通为兵戈阻绝，船只是不能畅行万里的。而战乱平定，交通恢复，才看到来自东吴的船只，"万里船"与"千秋雪"相对，一言空间之广，一言时间之久，表现了作者宽广的视野。

全诗看起来是一句一景，是四幅独立的图景。而一以贯之，使其构成一个统一意境的，正是诗人的内在情感。一开始表现草堂的春色，诗人的情绪是陶然的，而随着视线的游移、景物的转换，江船的出现，便触动了他的乡情。四句景语就完整表现了诗人这种复杂细致的内心思想活动。这幅绚丽多彩、幽美平和的画卷，令人心旷神怡，百读不厌。

59

窗含西岭千秋雪，门泊东吴万里船。

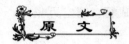

阁　夜

岁暮阴阳催短景，天涯霜雪霁寒宵。

五更鼓角声悲壮，三峡星河影动摇。

野哭千家闻战伐，夷歌①数处起渔樵。

卧龙②跃马③终黄土，人事音书漫寂寥。

①夷歌：四川境内少数民族的歌谣。

②卧龙：诸葛亮。

③跃马：公孙述在西汉末乘乱据蜀称帝。

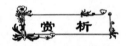

　　杜甫在大历元年(766年)冬寓居夔州西阁时，作了这首诗歌。当时西川军阀混战，连年不息；吐蕃也不断侵袭蜀地。而杜甫的好友苏源明、李白、严武等，都先后死去。感时忆旧，他写了这首诗，表现出异常沉重的心情。

　　开首二句点明时间。首句岁暮，指冬季；短景，指冬天日短。一个"催"字，形象地说明夜长昼短，让人觉得光阴荏苒，岁序逼人。次句天涯，指夔州,又有沦落天涯意。当此霜雪方歇的寒冬夜晚,雪光明朗如昼,诗人对此凄凉夜景,不由感慨万千。

"五更"二句,承次句"寒宵",写出了夜中所闻所见。上句鼓角,指古代军中用以报时和发号施令的鼓声、号角声。晴朗的夜空,鼓角声分外响亮,值五更欲曙之时,愁人不寐,那声音更显得悲壮。这就从侧面烘托出夔州一带也不太平,黎明前军队已在加紧活动。诗人用"鼓角"二字点示,再和"五更"、"声悲壮"等词语结合,战争频仍的气氛就传达出来了。下句说雨后玉宇无尘,天上银河显得格外澄澈,星影在湍急的江流中摇曳不定。

"野哭"二句,写拂晓前所闻。一闻战伐之事,就立即引起千家的恸哭,哭声传彻四野,其景多么凄惨!夷歌,指四川境内少数民族的歌谣。夔州是民族杂居之地。杜甫客寓此间,渔夫樵子不时在夜深传来"夷歌"之声。"数处"言不只一起。这两句把偏远的夔州的典型环境刻画得很真实:"野哭"、"夷歌",一个富有时代感,一个具有地方性。对这位忧国忧民的伟大诗人来说,这两种声音都使他倍感悲伤。

"卧龙"二句,诗人极目远望夔州西郊的武侯庙和东南的白帝庙,而引出无限感慨。卧龙,指诸葛亮。跃马,化用左思《蜀都赋》"公孙跃马而称帝"句,意指公孙述在西汉末乘乱据蜀称帝。一世之雄,而今安在?他们不都成了黄土中的枯骨吗!结尾二句,流露出诗人极为忧愤感伤的情绪:像诸葛亮、公孙述这样的历史人物,不论他是贤是愚,都同归于尽了;现实生活中,征戍、诛掠更造成广大人民天天都在死亡,我眼前这点寂寥孤独,又算得了什么呢?这话看似自遣之词,实际上却充分反映出诗人感情上的矛盾与苦恼。

此诗向来被誉为杜律中的典范性作品。诗人围绕题目,从几个重要侧面抒写夜宿西阁的所见所闻所感,从寒宵雪霁写到五更鼓角,从天空星河写到江上洪波,从山川形胜写到战乱人事,从当前现实写到千年往迹。气象雄阔,有上天下地、俯仰古今之概。

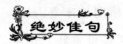

五更鼓角声悲壮,三峡星河影动摇。

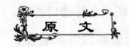

诗中雪

野 望

西山白雪三城①戍,南浦清江万里桥②。

海内风尘诸弟隔,天涯涕泪一身遥。

唯将迟暮③供多病④,未有涓埃答圣朝。

跨马出郊时极目,不堪人事日萧条。

①三城:指松(今四川松潘县)、维(故城在今四川理县西)、保(故城在理县新保关西北)三州。

②万里桥:在成都城南。

③迟暮:这时杜甫年五十。

④供多病:交给多病之身了。

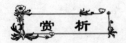

这首诗虽是写郊游野望的感触,忧家忧国,伤己伤民的感情,迸溢于字里行间。

诗的首联写从高低两处望见的景色。颔联是抒情,由野望想到兄弟的四处飘散和自我的孤身浪迹天涯。颈联继续抒写迟暮多病不能报效国家之感。末联点明主题"野望"，以人事萧条总结中间两联。全诗感情真挚，语言淳朴。这样，全诗就给人以这样一幅场景：西山上皑皑白雪护卫着三城重镇，南浦边清江水长横跨着万里桥。四海之内布满战火烟尘，兄弟离散在异地他乡，孑然一身飘落天涯，思亲人不禁涕泪涟涟。迟暮之年疾病缠身，未有丝毫功绩报答圣明朝廷。骑马出郊外极目远望，世事萧条令人悲伤。

这首诗写景抒情，表现了诗人悠悠的爱国情。战乱老病，兄弟离散，都使诗人忧愁不已。全诗深广沉郁，意境悲壮。

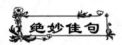

绝妙佳句

西山白雪三城戍，南浦清江万里桥。

作者简介

　　岑参(715—770年),江陵(今湖北省江陵县)人,他善于应用多变的笔触,新奇的想象,磅礴的气势,表现塞外的山川景物和战争场面,给人以惊险、奇伟的感觉,形成"语奇体峻、意亦造奇"的独特艺术风格,成为边塞诗派的杰出代表作家之一。

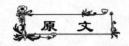

白雪歌送武判官归京①

北风卷地白草折,胡天八月即飞雪②。

忽如一夜春风来,千树万树梨花开。

散入珠帘湿罗幕,狐裘不暖锦衾薄③。

将军角弓不得控,都护铁衣冷难着④。

瀚海阑干百丈冰⑤,愁云惨淡万里凝。

中军置酒饮归客⑥,胡琴琵琶与羌笛。

纷纷暮雪下辕门,风掣红旗冻不翻⑦。

轮台东门送君去,去时雪满天山路。

山回路转不见君,雪上空留马行处。

①判官:节度使下面资佐理的官吏。

②胡天:指西域的天气。

③狐裘(qiú):狐皮袍子。锦衾(qīn):锦缎做的被子。

④角弓:用兽角装饰的硬弓。不得控:天太冷而冻得拉不开弓。都护:镇守边镇的长官。此为泛指,与上文的"将军"是互文。着:穿。

⑤瀚海:大沙漠。阑干:纵横的样子。

⑥中军:这里指主帅的营帐。

⑦辕门:营门。掣(chè):牵引。冻不翻:是说下雪后红旗冻住了,北风吹来,也不能飘动了。

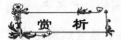

赏　析

此诗是一首咏雪送人之作。天宝十三载(754年),岑参再度出塞,充任安西北庭节度使封常清的判官。武判官即其前任。为送他归京,写下此诗。

此诗开篇就奇突。未及白雪而先传风声,所谓"笔所未到气已吞"——全是飞雪之精神。大雪必随刮风而来,"北风卷地"四字,妙在由风而见雪。"白草",是西北一种草名,"白草折"又显出风来势猛。八月秋高,而北地已满天飞雪。"胡天八月即飞雪",一个"即"字,维妙维肖地写出由南方来的人少见多怪的惊奇口吻。

塞外苦寒,北风一吹,大雪纷飞。诗人以"春风"使梨花盛开,比拟"北风"使雪花飞舞,极为新颖贴切。"忽如"二字下得甚妙,不仅写出了"胡天"变幻无常,大雪来得急骤,而且,再次传出了诗人惊喜好奇的神情。"千树万树梨花开"的壮美意境,颇富有浪漫色彩。南方人见过梨花盛开的景象,那雪白的花不仅是一朵一朵,而且是一团一团,花团锦簇,压枝欲低,与雪压冬林的景象极为神似。春风吹来梨花开,竟全"千树万树",重叠的修辞表现出景象的繁荣壮丽。诗人将春景比冬景,尤其将南方春景比北国冬景,几使人忘记奇寒而内心感到喜悦与温暖,着想、造境俱称奇绝。

后面的诗句也延续了这种喜悦的情景,尤其是"纷纷暮雪下辕门,风掣红旗冻不翻",帐外那以白雪为背景的鲜红一点,更与雪景相映成趣。那是冷色调的画面上的一点暖色,一股温情,也使画面更加灵动。

这首诗抒写塞外送别、客中送客之情,但并不令人感到伤感,充满奇思异想,浪漫的理想和壮逸的情怀使人觉得塞外风雪变成了可玩味欣赏的对象。作者用敏锐的观察力和感受力捕捉边塞奇观,笔力矫健,有大笔挥洒(如"瀚海"二句),有细节勾勒(如"风掣红旗冻不翻"),有真实生动的摹写,也有浪漫奇妙的想象(如"忽如"二句),再现了边地瑰丽的自然风光,充满浓郁的边地生活气息。全诗融合着强烈的主观感受,在歌咏自然风光的同时还表现了雪中送人的真挚情谊。诗情内涵丰富,意境鲜明独特,具有极强的艺术感染力。

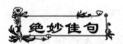

绝妙佳句

忽如一夜春风来,千树万树梨花开。

文学常识丛书

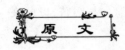

走马川行奉送出师西征

君不见:走马川行雪海边,平沙莽莽①黄入天。

轮台九月风夜吼,一川碎石大如斗,随风满地石乱走。

匈奴草黄马正肥,金山西见烟尘飞②,汉家③大将西出师。

将军金甲夜不脱,半夜军行戈相拨④,风头如刀面如割。

马毛带雪汗气蒸,五花连钱⑤旋作冰,幕中草檄⑥砚水凝。

虏骑闻之应胆慑,料知短兵不敢接,车师⑦西门伫献捷。

诗中雪

69

①莽莽:无边无际。

②烟尘飞:发生战争。烟,烽烟。

③汉家:代指唐朝。

④拨:碰撞。

⑤五花连钱:均为名马。又指马身上斑纹。

⑥草檄:起草声讨敌人的文书。

⑦车师:当作军师,是唐北庭都护府所在,即今新疆吐鲁番县。

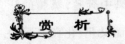
诗人在任安西北庭节度判官时,封常清出兵去征播仙,他便写了这首

诗为封送行。诗人在诗中极力描写走马川一代环境的恶劣与艰苦,以此来衬托出征将士的英勇无畏,并预祝最后的胜利。

首先围绕"风"字落笔,描写出征的自然环境。这次出征将经过走马川、雪海边,穿进戈壁沙漠。"平沙莽莽黄入天",这是典型的绝域风沙景色,怒卷的狂风,飞扬的黄沙,显出一派遮天蔽日,迷迷蒙蒙的混沌景象。开头三句无一"风"字,但捕捉住了风"色",把风的猛烈写得历历在目。这是白天的景象。

"轮台九月风夜吼,一川碎石大如斗,随风满地石乱走。"对风由暗写转入明写,行军由白日而入黑夜,风"色"是看不见了,便转写风声。狂风像发疯的野兽,在怒吼和咆哮,"吼"字形象地显示了风猛风大。接着又通过写石头来写风。斗大的石头,居然被风吹得满地滚动,再著一"乱"字,就更表现出风的狂暴。"平沙莽莽"句写天,"石乱走"句写地,两三句话就把环境的险恶生动地勾勒出来了。

下面写匈奴利用草黄马肥的时机发动了进攻,"金山西见烟尘飞","烟尘飞"三字,形容报警的烽烟同匈奴铁骑卷起的尘土一起飞扬,既表现了匈奴军旅的气势,也说明了唐军早有戒备。下面,诗由造境转而写人,诗歌的主人公——顶风冒寒前进着的唐军将士出现了。如环境是夜间,"将军金甲夜不脱",以夜不脱甲,写将军重任在肩,以身作则。"半夜军行戈相拨"写半夜行军,从"戈相拨"的细节可以想见夜晚一片漆黑,和大军衔枚疾走、军容整肃严明的情景。写边地的严寒,不写千丈之坚冰,而是通过几个细节描写来表现。"风头如刀面如割",呼应前面风的描写;同时也是大漠行军最真切的感受。

"马毛带雪汗气蒸,五花连钱旋作冰。"战马在寒风中奔驰,蒸腾的汗水,立刻在马毛上凝结成冰。诗人抓住了马身上那凝而又化、化而又凝的汗水进行细致地刻划,以少胜多,充分渲染了天气的严寒,环境的艰苦和临战的紧张气氛。"幕中草檄砚水凝",军幕中起草檄文时,发现连砚水也冻结了。诗人巧妙地抓住了这个细节,笔墨酣畅地表现出将士们斗风傲雪的战斗豪情。这样的军队有谁能敌呢?这就引出了最后三句,料想敌军闻风丧胆,预祝凯旋而归。

　　全诗气势豪放,节奏急促有力,行文如流水,像进行曲一样激越豪壮。诗人对细节刻画得入微而生动,如果不曾有过亲身经历与感受,是无法写得如此真切的。

绝妙佳句

马毛带雪汗气蒸,五花连钱旋作冰,幕中草檄砚水凝。

轮台歌奉送封大夫出师西征

轮台城头夜吹角,轮台城北旄头落①。

羽书昨夜过渠黎,单于已在金山西。

戍楼②西望烟尘黑,汉兵屯在轮台北。

上将拥旄西出征,平明吹笛大军行。

四边伐鼓雪海涌,三军大呼阴山动。

虏塞③兵气连云屯,战场白骨缠草根。

剑河风急雪片阔,沙口石冻马蹄脱。

亚相勤王甘苦辛,誓将报主静边尘。

古来青史谁不见,今见功名胜古人。

①旄头:即"髦头",也即是二十八宿中的昴宿,旧时以为"胡星"。旄头落:意谓胡人败亡之兆。

②戍楼:驻防的城楼。

③虏塞:敌方要塞。

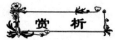

本诗起首六句写战斗以前两军对垒的紧张状态。军府驻地的城头,角

声划破夜空,呈现出一种异样的沉寂,暗示部队已进入紧张的备战状态。"轮台城头夜吹角,轮台城北旄头落",连用"轮台城"三字开头,造成连贯的语势,烘托出围绕此城的战时气氛。把"夜吹角"与"旄头落"两种现象联系起来,既能表达一种同仇敌忾的意味,又象征唐军之必胜。气氛酝足,然后倒插一笔:"羽书昨夜过渠黎,单于已在金山西",交代出局势紧张的原因在于胡兵入寇。"单于已在金山西"与"汉兵屯在轮台北",以相同句式,两个"在"字,写出两军对垒之势。敌对双方如此逼近,以至"戍楼西望烟尘黑",写出一种濒临激战的静默。局势之紧张,大有一触即发之势。

　　紧接四句写白昼出师与接仗。极力渲染吹笛伐鼓,是堂堂之阵,正正之旗,突出军队的声威。将是拥旄(节旄,军权之象征)之"上将",三军则写作"大军",士卒呐喊是"大呼"。军队的声威超于自然之上,"四边伐鼓雪海涌,三军大呼阴山动",仿佛冰冻的雪海亦为之汹涌,巍巍阴山亦为之摇撼,这出神入化之笔表现出一种所向无敌的气概。

　　"三军大呼阴山动",似乎胡兵亦将败如山倒。下面四句中,作者拗折一笔,战斗并非势如破竹,而斗争异常艰苦。"虏塞兵气连云屯",极言对方军队集结之多。诗人借对方兵力强人以突出己方兵力的更为强大,这种以强衬强的手法极妙。"战场白骨缠草根",借战场气氛之惨淡暗示战斗必有重大伤亡。以下两句又极写气候之奇寒。"剑河"、"沙口"这些地名有泛指意味,地名本身亦似带杀气;写风曰"急",写雪片曰"阔",均突出了边地气候之特征;而"石冻马蹄脱"一语尤奇:石头本硬,"石冻"则更硬,竟能使马蹄脱落,则战争之艰苦就不言而喻了。作者写奇寒与牺牲,似是渲染战争之恐怖,但这并不是他的最终目的。作为一个意志坚忍、喜好宏伟壮烈事物的诗人,如此淋漓兴会地写战场的严寒与危苦,是在直面正视和欣赏一种悲壮画面,他这样写,正是歌颂将士之奋不顾身。

　　末四句照应题目,预祝奏凯,以颂扬作结。封常清于天宝十三载以节度使摄御史大夫,御史大夫在汉时位次宰相,故诗中美称为"亚相"。"誓将报主静边尘",虽只写"誓",但通过前面两层对战争的正面叙写与侧面烘托,已经有力地暗示出此战必胜的结局。末二句预祝之词,说"谁不见",意味着古人之功名书在简策,万口流传,早觉不新鲜了,数风流人物,则当看今朝。"今见功名胜古人",朴质无华而掷地有声,遥应篇首而足以振起全篇。

全诗四层写来一张一弛,顿挫抑扬,结构紧凑,音情配合极好。有正面描写,有侧面烘托,又运用象征、想象和夸张等手法,特别是渲染大军声威,造成极宏伟壮阔的画面,使全诗充满浪漫主义激情和边塞生活的气息,成功地表现了三军将士建功报国的英勇气概。

四边伐鼓雪海涌,三军大呼阴山动。

作者简介

诗中雪

　　卢纶(748—800年),字允言,河中蒲(今山西永济)人。曾因安史之乱,迁居今江西波阳。屡举进士不第,后得宰相元载赏识,才得以做了几任小官,累官检校户部郎中。大历十大才子之一,诗多赠答应酬之作,无甚特色。但边塞诗写得很有气势,一些描绘自然景物的诗也不乏佳作。

75

原 文

送李端

故关衰草遍①,离别正堪悲。

路出寒云外②,人归暮雪时。

少孤③为客早,多难识君迟。

掩泪空相向,风尘何处期④。

注 释

①故关:故乡。衰草:冬草枯黄,故曰衰草。

②"路出"句:意为李端欲去的路伸向云天外,写其道路遥远漫长。

③少孤:少年丧父、丧母或父母双亡。

④风尘:指社会动乱。此句意为在动乱年代,不知后会何期。

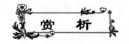
赏 析

首联写送别的环境气氛:郊外枯萎的野草,正迎着寒风抖动,四野苍茫,一片凄凉的景象。在这样的环境中送故人,大大加重了离愁别绪。"离别自堪悲"平直、刻露,但由于是紧承上句脱口而出,应接自然,并不给人以平淡之感,为本诗定下了深沉感伤的基调,起了提挈全篇的作用。

诗的第二联写送别的情景。"路出寒云外",故人沿着这条路渐渐远离而去,由于阴云密布,天幕低垂,依稀望去,路好像伸出寒云之外。融入了诗人

文学常识丛书

浓重的依依难舍的惜别之情。"寒云"二字,下笔沉重,给人以无限阴冷和重压的感觉,对主客别离时的悲凉心境起了有力的烘托作用。偏偏这时,天又下起雪来了,郊原茫茫,暮雪霏霏,诗人再也不能久留了,只得回转身来,挪动沉重的步子,默默地踏上风雪归途。

第三联回忆往事,感叹身世,还是没离开这个"悲"字。诗人送走了故人,思绪万千,百感交集,产生了抚今追昔的情怀。"少孤为客早,多难识君迟。"是全诗情绪凝聚的警句。人生少孤已属极大不幸,何况又因天宝末年动乱,自己远役他乡,饱经漂泊困厄,而绝少知音呢?这两句不仅感伤个人的身世飘零,而且从侧面反映出时代动乱和人们在动乱中漂流不定的生活,感情沉郁,显出了这首诗与大历诗人其他赠别之作的重要区别。诗人把送别之意,落实到"识君迟"上,将惜别和感世、伤怀融合在一起,形成了全诗思想感情发展的高潮。

第四联收束全诗。诗人在经历了难堪的送别场面,回忆起不胜伤怀的往事之后,越发觉得对友人依依难舍,不禁又回过头来,遥望远方,掩面而泣;然而友人毕竟是望不见了,掩面而泣也是徒然,唯一的希望是下次早日相会。但现在世事纷争,风尘扰攘,何时才能相会呢?"掩泪空相向",总汇了以上抒写的凄凉之情;"风尘何处期",将笔锋转向预卜未来,写出了感情上的余波。

这首诗抒写乱离中的离别之情:故乡衰草,寒云暮雪,阴郁笼罩,这些描写把作者与友人的离别之情衬得凄楚悲切。全诗情文并茂,哀婉感人。

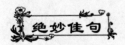
绝妙佳句

少孤为客早,多难识君迟。

塞下曲六首（其三）

月黑雁飞高，单于夜遁逃①。

欲将轻骑逐②，大雪满弓刀。

①月黑：没有月亮的夜晚。单（chán）于：匈奴对最高统治者的称呼。遁逃：悄悄地逃跑。

②欲：就要。将：带领。轻骑：轻装快速的骑兵部队。逐：追逐。

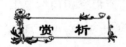

一二句"月黑雁飞高，单于夜遁逃"，写敌军的溃退。"月黑"，无光也。"雁飞高"，无声也。趁着这样一个漆黑的夜晚，敌人悄悄逃跑了。单于，是古时匈奴最高统治者，这里代指入侵者的最高统帅。夜遁逃，可见他们已全线崩溃。

尽管有夜色掩护，敌人的行动还是被我军察觉了。三、四句"欲将轻骑逐，大雪满弓刀"，写我军准备追击的情形，表现了将士们威武的气概。试想，一支骑兵列队欲出，刹那间弓刀上就落满了大雪，这是一个多么扣人心弦的场面！

从这首诗看来，诗人不写军队如何出击，也不告诉你追上敌人没有，他只描绘一个准备追击的场面，就把当时的气氛情绪有力地烘托出来了。"欲将轻骑逐，大雪满弓刀"，这并不是战斗的高潮，而是迫近高潮的时刻。这个时刻，犹如箭在弦上，将发未发，最有吸引人的力量，更能引逗读者的联想和想象，这叫言有尽而意无穷。

欲将轻骑逐，大雪满弓刀。

作者简介

　　韩愈(768—824 年)唐代文学家、哲学家。字退之。河南河阳
(今河南孟县)人。郡望昌黎,世称韩昌黎。晚年任吏部侍郎,又
称韩吏部。谥号"文",又称韩文公。

春 雪

新年①都未有芳华，二月初惊见草芽。

白雪却嫌春色晚，故②穿庭树作飞花。

①新年：指农历正月初一。

②故：故意。

81

"新年都未有芳华，二月初惊见草芽。"新年即阴历正月初一，这天前后是立春，所以标志着春天的到来。新年还没有芬芳的鲜花，使得在寒冬中久盼春色的人们分外焦急。一个"都"字，透露出这种急切的心情。第二句"二月初惊见草芽"，说二月亦无花，但话是从侧面来说的，感情就不是单纯的叹惜、遗憾。"惊"字最宜玩味。它似乎不是表明，诗人为二月刚见草芽而吃惊、失望，而是在焦急的期待中终于见到"春色"的萌芽而惊喜。内心的感情是：虽然春色姗姗来迟，但毕竟就要来了。"初惊"写出"见草芽"时的情态，极其传神。"惊"字状出摆脱冬寒后新奇、惊讶、欣喜的感受；"初"字含春来过晚、花开太迟的遗憾、惋惜和不满的情绪。

三、四两句表面上是说有雪而无花,实际感情却是:人倒还能等待来迟的春色,从二月的草芽中看到春天的身影,但白雪却等不住了,竟然纷纷扬扬,穿树飞花,自己装点出了一派春色。真正的春色(百花盛开)未来,固然不免令人感到有些遗憾,但这穿树飞花的春雪不也照样给人以春的气息吗! 诗人对春雪飞花主要不是怅惘、遗憾,而是欣喜。一个盼望着春天的诗人,如果自然界还没有春色,他就可以幻化出一片春色来。这就是三、四两句的妙处,它富有浓烈的浪漫主义色彩,可称神来之笔。"却嫌"、"故穿",把春雪描绘得多么美好而有灵性,饶富情趣。

　　此诗于常景中翻出新意,工巧奇警,是一篇别开生面的佳作。

绝妙佳句

　　白雪却嫌春色晚,故穿庭树作飞花。

作者简介

　　白居易(772—846年)，字乐天，晚号香山居士。原籍太原，后迁居下邽(今陕西渭南东北)。一生以44岁被贬江州司马为界，可分为前后两期。前期是兼济天下时期，后期是独善其身时期。白居易贞元二十六年(800年)29岁时中进士，先后任秘书省校书郎、盩至尉、翰林学士，元和年间任左拾遗，写了大量讽喻诗，唐武宗会昌六年(846年)去世。

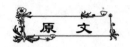

蓝桥驿①见元九诗

蓝桥春雪君归日,秦岭秋风我去时。

每到驿亭先下马,循墙绕柱觅君诗。

①蓝桥驿:蓝桥在陕西省蓝田县东南蓝溪,地处长安东南要道上。

这首绝句,乍读只是平淡的征途纪事,顶多不过表现白与元交谊甚笃。其实,这貌似平淡的二十八字,却暗含着诗人心底下的万顷波涛。

元稹于元和五年自监察御史贬为江陵士曹参军,经历了五年屈辱生涯。到元和十年春奉召还京,他是满心喜悦、满怀希望的。可是,好景不常,他正月刚回长安,三月就再一次远谪通州。所以,白诗第一句"蓝桥春雪君归日",显然在欢笑中含着眼泪。更难堪的是:正当他为元稹再一次远谪而难过的时候,现在,自己又被贬江州。被秦岭秋风吹得飘零摇落的,又岂止是白氏一人,实际上,这秋风吹撼的,正是两位诗人共同的命运。春雪、秋风,西归、东去,道路往来,风尘仆仆,这道路,乃是一条悲剧的人生道路!

"每到驿亭先下马,循墙绕柱觅君诗",诗人处处留心,循墙绕柱寻觅的，岂只是元稹的诗句，简直是元稹的心，是两人共同的悲剧道路的轨迹！友情可贵，题咏可歌，共同的遭际，更是可泣。而这许多可歌可泣之事，诗中一句不说，只写了春去秋来，雪飞风紧，让读者自己去寻觅包含在春雪秋风中的人事升沉变化，去体会诗人那种沉痛凄怆的感情。

一首诗总共才二十八个字，却容纳如许丰富的感情，这是不容易的。关键在于遣词用字。如，写元稹当日奉召还京，着一"春"字、"归"字，喜悦自明；写自己今日远谪江州，着一"秋"字、"去"字，悲戚立见。"春"字含着希望，"归"字藏着温暖，"秋"字透出悲凉，"去"字暗含斥逐。这几个字，既显得对仗工稳，见纪时叙事之妙用；又显得感情色彩鲜明，尽抒情写意之能事。尤其可贵者，结处别开生面，以人物行动收篇，用细节刻划形象，取得了七言绝句往往难以达到的艺术效果。这种细节传神，主要表现在"循、绕、觅"三个字上。墙言"循"，则见寸寸搜寻；柱言"绕"，则见面面俱到；诗言"觅"，则见片言只字，无所遁形。三个动词连在一句，准确地描绘出诗人在本来不大的驿亭里转来转去，摩挲拂拭，仔细辨认的动人情景。

白诗向以晓畅著称，然而此诗却比较含蓄蕴藉。

绝妙佳句

每到驿亭先下马，循墙绕柱觅君诗。

夜 雪

已讶衾①枕冷，复见窗户明。

夜深知雪重，时闻折竹声。

①衾：大被。

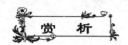

这首诗新颖别致，首要在立意不俗。咏雪诗写夜雪的不多，这与雪本身的特点有关。雪无声无息，只能从颜色、形状、姿态见出分别，而在沉沉夜色里，人的视觉全然失去作用，雪的形象自然无从捕捉。然而，乐于创新的白居易正是从这一特殊情况出发，避开人们通常使用的正面描写的手法，依次从触觉（冷）、视觉（明）、感觉（知）、听觉（闻）四个层次叙写，一波数折，曲尽其貌其势、其情其状。

"已讶衾枕冷"，先从人的感觉写起，通过"冷"不仅点出有雪，而且暗示雪大，因为生活经验证明：初落雪时，空中的寒气全被水汽吸收以凝成雪花，气温不会马上下降，待到雪大，才会加重空气中的严寒。这里已感衾冷，可见落雪已多时。不仅"冷"是写雪，"讶"也是在写雪，人之所以起初浑然不觉,待寒冷袭来才忽然醒悟,皆因雪落地无声,这就于"寒"之外写出雪的又一特点。此句扣题很紧,感到"衾枕冷"正说明夜来人已拥衾而卧,从而点出是"夜雪"。"复见窗户明",从视觉的角度进一步写夜雪。夜深却见窗明,正说明雪下得大、积得深,是积雪的强烈反光给暗夜带来了亮光。

"夜夜知雪重,时闻折竹声",从听觉写出。传来的积雪压折竹枝的声音,可知雪势有增无已。诗人有意选取"折竹"这一细节,托出"重"字,别有情致。"折竹声"于"夜深"而"时闻",显示了冬夜的寂静,更主要的是写出了诗人的彻夜无眠;这不只为了"衾枕冷"而已,同时也透露出诗人谪居江州时心情的孤寂。

诗中既没有色彩的刻画,也不作姿态的描摹,初看简直毫不起眼。但细细品味,便会发现它凝重古朴、清新淡雅。

绝妙佳句

夜深知雪重,时闻折竹声。

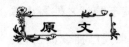

村居苦寒

八年十二月，五日雪纷纷。

竹柏皆冻死，况彼无衣民！

回观村闾间，十室八九贫。

北风利如剑，布絮不蔽身。

唯烧蒿棘火，愁坐夜待晨。

乃知大寒岁，农者尤苦辛。

顾我当此日，草堂深掩门。

褐裘覆绞被，坐卧有余温。

幸免饥冻苦，又无垅亩①勤。

念彼深可愧，自问是何人？

①垅亩：农田。

唐宪宗元和六年（811年）至八年，白居易因母亲逝世，回家居丧，退居
于下渭村老家。退居期间，他身体多病，生活困窘，曾得到元稹等友人的大

力接济。这首诗,就作于这一期间的元和"八年十二月"。

唐代中后期,内有藩镇割据,外有吐蕃入侵,唐王朝中央政府控制的地域大为减少。但它却供养了大量军队,再加上官吏、地主、商人、僧侣、道士等等,不耕而食的人甚至占到人口的一半以上。农民负担之重,生活之苦,可想而知。白居易对此深有体验。

这首诗分两大部分。前一部分写农民在北风如剑、大雪纷飞的寒冬,缺衣少被,夜不能眠,他们是多么痛苦呵!后一部分写自己大寒天却深掩房门,有吃有穿,又有好被子盖,既无挨饿受冻之苦,又无下田劳动之勤。诗人把自己的生活与农民的痛苦作了对比,深深感到惭愧和内疚,以致发出"自问是何人?"的慨叹。

古典诗歌中,运用对比手法的很多,把农民的贫困痛苦与剥削阶级的骄奢淫逸加以对比的也不算太少。但是,像此诗中把农民的穷苦与诗人自己的温饱作对比的却极少见,尤其这种出自肺腑的"自问",在封建士大夫中更是难能可贵的。

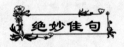

乃知大寒岁,农者尤苦辛。

作者简介

柳宗元(773—819年),字子厚,河东(在现在山西省)人,唐代文学家和思想家。他的散文题材多样,寓意深刻,文笔犀利,有独特的成就,在中国文学史上占有重要地位。柳宗元是唐宋散文八大家之一。

江 雪

千山鸟飞绝，万径①人踪灭。

孤舟蓑笠翁，独钓寒江雪。

①径：路径。

诗中雪

91

　　柳宗元被贬到永州之后，精神上受到很大刺激和压抑，于是，他就借描写山水景物，借歌咏隐居在山水之间的渔翁，来寄托自己清高而孤傲的情感，抒发自己在政治上失意的郁闷苦恼。

　　诗人只用了二十个字，就把我们带到一个幽静寒冷的境地：在下着大雪的江面上，一叶小舟，一个老渔翁，独自在寒冷的江心垂钓。首先，诗人用"千山"、"万径"这两个词，目的是为了给下面两句的"孤舟"和"独钓"的画面作陪衬。没有"千"、"万"两字，下面的"孤"、"独"两字也就平淡无奇，没有什么感染力了。其次，山上的鸟飞，路上的人踪，这本来是极平常的事，也是最一般化的形象。可是，诗人却把它们放在"千山"、"万径"的下面，再加上一个"绝"和一个"灭"字，这就把最常见的、最一般化的动态，一下子给变成极端的寂静、绝对的沉默，形成一种不平常的景象。因此，下面两句原来是属于静态的描写，由于摆在这种绝对幽静、绝对沉寂的背景之下，倒反而显得玲珑剔透，有了生气，在画面上浮动起来、活跃起来了。

在这首诗里，笼罩一切、包罗一切的东西是雪，山上是雪，路上也是雪，而且"千山"、"万径"都是雪，才使得"鸟飞绝"、"人踪灭"。就连船篷上，渔翁的蓑笠上，当然也都是雪。可是作者并没有把这些景物同"雪"明显地联系在一起。相反，在这个画面里，只有江，只有江心。江，当然不会存雪，不会被雪盖住，而且即使雪下到江里，也立刻会变成水。然而作者却偏偏用了"寒江雪"三个字，把"江"和"雪"这两个关系最远的形象联系到一起，这就给人以一种比较空蒙、比较遥远、比较缩小了的感觉，这就形成了远距离的镜头。这就使得诗中主要描写的对象更集中、更灵巧、更突出——在这样一个寒冷寂静的环境里，那个老渔翁竟然不怕天冷，不怕雪大，忘掉了一切，专心地钓鱼，形体虽然孤独，性格却显得清高孤傲，甚至有点凛然不可侵犯似的。这个被幻化了的、美化了的渔翁形象，实际正是柳宗元本人的思想感情的寄托和写照。由此可见，这"寒江雪"三字正是"画龙点睛"之笔，它把全诗前后两部分有机地联系起来，不但形成了一幅凝练概括的图景，也塑造了渔翁完整突出的形象。

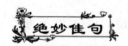

孤舟蓑笠翁，独钓寒江雪。

作者简介

贾岛(779—843 年),唐代诗人,字浪仙,范阳(今北京附近)人。贾岛诗在晚唐形成流派,影响颇大。贾岛著有《长江集》10卷,通行有《四部丛刊》影印明翻宋本。

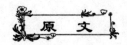

雪晴晚望

倚杖望晴雪，溪云几万重。

樵人归白屋，寒日下危峰。

野火烧冈草，断烟①生石松。

却回山寺路，闻打暮天钟。

①断烟：烟霭断断续续。

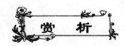

贾岛长安应举落第，与从弟释无可寄居长安西南圭峰草堂寺。这首诗大约写于此时。

"倚杖望晴雪，溪云几万重。"起笔即点出"望"字。薄暮时分，雪霁天晴，诗人乘兴出游，倚着手杖向远处眺望。远山近水，显得更加秀丽素洁。极目遥天，在夕阳斜照下，溪水上空升腾起鱼鳞般的云朵，幻化多姿，几乎多至"万重"！

"樵人归白屋，寒日下危峰"，"归"、"下"二字勾勒出山间的生气和动态。在遍山皑皑白雪中，有采樵人沿着隐隐现出的一线羊肠小道，缓缓下

文学常识丛书

山,回到白雪覆盖下的茅舍。白屋的背后则是冷光闪闪、含山欲下的夕阳。山峰在晚照中显得更加雄奇。樵人初归白屋,寒日欲下危峰,在动静光色的摹写中,透出了如他的诗风那种清冷。

诗人视线又移向另一角度。那边是"野火烧冈草,断烟生石松"。远处山冈上,野草正在燃烧。劲松郁郁苍苍,日暮的烟霭似断断续续生于石松之间,而傲立的古松又冲破烟雾耸向云天。"野火"、"断烟"是一联远景,它一明一暗,随着时间的推移而变化。"冈草"貌似枯弱,而生命力特别旺盛,"野火"岂能烧尽?"石松"坚操劲节,形象高大纯洁,"断烟"又怎能遮掩?

诗人饱览了远近高低的雪后美景,夜幕渐渐降临,不能再盘桓延伫了。"却回山寺路,闻打暮天钟",在这充满山野情趣的诗境中,骋目娱怀的归途上,诗人清晰地听到山寺响起清越的钟声,平添了更浓郁的诗意。这一收笔,吐露出诗人心灵深处的隐情。贾岛少年为僧,后虽还俗,但屡试不第,此时在落第之后,栖身荒山古寺,暮游之余,恍如倦鸟归巢,听到山寺晚钟,禁不住心潮澎湃。诗人顿萌归来之念了。

"闻打暮天钟"作为诗的尾声,又起着点活全诗的妙用。前六句逶迤写来,景色全是静谧的,是望景。七句一转,紧接着一声清脆的暮钟,由视觉转到了听觉。这钟声不仅惊醒默默赏景的诗人,而且钟鸣谷应,使前六句所有景色都随之飞动起来,整个诗境形成了有声有色,活泼的局面。读完末句,回味全诗,总觉绘色绘声,余韵无穷。

绝妙佳句

　　却回山寺路,闻打暮天钟。

作者简介

　　李贺(790—816年),字长吉,昌谷(今河南宜阳)人,以乐府诗著称。他的诗想象丰富,构思奇特,具有极度浪漫主义风格。诗中反映出对宦官专权、藩镇割据的强烈不满,对劳苦人民的疾苦亦寄予关切。但也有一些作品流露出人生无常的阴郁情绪。长吉诗结有《昌谷集》。

文学常识丛书

诗中雪

马诗二十三首①（其五）

大漠沙如雪，燕山月似钩。
何当金络脑②，快走踏清秋。

①《马诗》：通过咏马来表现志士的奇才异质、远大抱负及不遇于时的感慨与愤懑；共23首。

②金络脑：一种贵重的鞍具，借指马受重用。

97

赏 析

一、二句展现出一片富于特色的边疆战场景色：连绵的燕山山岭上，一弯明月当空；平沙万里，在月光下像铺上一层白皑皑的霜雪。这幅战场景色，一般人也许只觉悲凉肃杀，但对于志在报国之士却有异乎寻常的吸引力。"燕山月似钩"中的"钩"是一种弯刀，与"玉弓"均属武器，从明晃晃的月牙联想到武器的形象，也就含有思战斗之意。作者所处的贞元、元和之际，正是藩镇极为跋扈的时代，而"燕山"暗示的幽州蓟门一带又是藩镇肆虐为时最久、为祸最烈的地带，所以诗意是颇有现实感慨的。

三、四句借马以抒情：什么时候才能披上威武的鞍具，在秋高气爽的疆场上驰骋，建树功勋呢？"何当金络脑"表达的是企盼把良马当作良马对待,以效大用。"金络脑"属贵重鞍具,都是象征马受重用。显然,这是作者热望建功立业而又不被赏识所发出的嘶鸣。

此诗抒发了一种投笔从戎、削平藩镇、为国建功的热切愿望。此诗婉曲耐味,诗的一、二句中,以雪喻沙,以钩喻月,从一个富有特征性的景色写起以引出抒情,大大丰富了诗的表现力。后二句一气呵成,以"何当"领起作设问,强烈传出无限企盼意;而"踏清秋"一句,词语搭配新奇,形象暗示出骏马轻捷矫健的风姿。

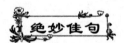

绝妙佳句

　　大漠沙如雪,燕山月似钩。

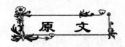

南园十三首(其十三)

诗中雪

小树开朝径,长茸湿夜烟。

柳花惊雪浦,麦雨涨溪田。

古刹疏钟度,遥岚①破月悬。

沙头敲石火②,烧竹照渔船。

①遥岚:表示山与人相距甚为遥远。

②沙头敲石火:捕鱼人在河滩击石取火。

99

赏析

　　首二句写晨景。夜雾逐渐消散,一条蜿蜒于绿树丛中的羊肠小道随着天色转明而豁然开朗。路边的长茸细草沾满了露水,湿漉漉的,展示诗人清晨出游时观察所得的印象。

　　三、四句写白昼的景色。诗人由幽静、逼仄的林间小道来到空旷的溪水旁边。这时风和日暖,晨露已晞,柳絮纷纷扬扬,飘落在溪边的浅滩上,白花花的一片,像是铺了一层雪。阳春三月,莺飞草长,诗人沿途所见多是绿的树,绿的草,绿的田园。到了这里,眼前忽地出现一片银白色,不禁大为惊奇。

诗人观赏了"雪浦"之后，把视线移向溪水和它两岸的田垄。因为不久前下过一场透雨，溪水上涨了，田里的水也平平满满的。春水丰足是喜人的景象，它预示着将会有一个好的年景。

后四句写夜晚的景色。"古刹疏钟度"写声，"遥岚破月悬"写色，其中"古刹"和"遥岚"一实一虚，迥然不同，然而又都含有"远"的意思。末二句写船家夜渔的情景。在山村滩多水浅的小河边，夜间渔人用竹枝扎成火把照明，鱼一见光亮，就慢慢靠近，愣头愣脑地听人摆弄。"沙头敲石火"描写捕鱼人在河滩击石取火，"烧竹照渔船"紧接上句，交代击石取火是为了替渔船照明。

这首诗前六句主要描摹自然景物，运笔精细，力求形肖神似，像是严谨密致的工笔山水画，而一草一木都显得寥萧淡泊，有世外之意，诗人的情致渗透到作品的形象里，从而构成这样一种特殊的意蕴，是他仕进绝望的痛苦的一种表现。

绝妙佳句

古刹疏钟度，遥岚破月悬。

作者简介

　　李商隐(约813—约858年)唐代诗人。字义山,号玉溪生,又号樊南子。原籍怀州河内(今河南沁阳),祖辈迁荥阳(今属河南)。辗转于各藩镇幕府,终身不得志。李商隐诗现存约600首。

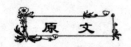

忆住一

无事经年别远公,帝城钟晓①忆西峰。

烟炉销尽寒灯晦②,童子开门雪满松。

①钟晓:即晓钟,是唐代京城长安清晨的一大特色。

②晦:晦暗。

　　住一师是一个僧人。"远公"即东晋庐山东林寺高僧惠远(一作慧远),是净土宗的初祖。诗中用"远公"来代称住一师,可见住一师绝非平庸之辈,亦见诗人仰慕之情。

　　"无事"即"无端";无端而别,更使人怅恨。钟晓,即晓钟,是唐代京城长安清晨的一大特色。每天拂晓,宫中和各佛寺的钟声一齐长鸣,声震全城。诗人由帝城的晓钟,联想到住一师所在的西峰佛寺的晓钟,想起了相别多年的友人。

　　接着,诗人重现了记忆中最深刻感人的一个场景,表达出对往日深挚情谊的追念。烟炉销尽,寒灯晦暗,正是拂晓时佛殿的逼真写照。小童推

文学常识丛书

开出门，只见皑皑白雪，洒满苍翠的松枝，真成了一片银色世界！这西峰松雪图，让诗人重温了昔日相聚时的欢乐，饱含着诗人深沉的忆念之情。

这首诗，境界极美，情致幽远。

烟炉销尽寒灯晦，童子开门雪满松。

诗中雪

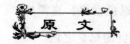

哭刘司户蒉

路有论冤谪，言皆在中兴。

空闻迁贾谊，不待相孙弘。

江阔惟回首，天高但抚膺^①。

去年相送地，春雪满黄陵^②。

①膺：胸。

②黄陵：山名，在今湖南湘阴。

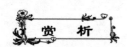

唐文宗大和二年（828年），刘蒉应贤良方正试中痛斥宦官专权，引起强烈反响。考官慑于宦官威势，不敢录取。后来令狐楚、牛僧孺均以师礼待之，宦官非常痛恨，将他贬到柳州司户卒。对刘蒉贬谪而冤死，李商隐是极为悲痛的。

诗的前半写刘蒉冤谪而死。诗从引述旁人的议论落笔，"言"指刘蒉应贤良方正试所作的策文。行路之人都在议论刘蒉遭贬柳州确是冤屈，都说他在贤良对策中的言论全是为国家的中兴。言"中兴"而遭"冤谪"，可见蒙

104

冤之深,难怪路人也在为之不平了。诗人借路人之口谈论冤谪,当然比直说更加有力。这不但表现了人们对刘蕡的同情和敬重,也从侧面反映了他们对宦官诬陷刘蕡的痛恨,对朝廷软弱昏庸的遣责。

下面两句接着引历史人物,写诗人对刘蕡之死的痛惜。"迁"在这里是迁升之意。西汉贾谊因遭谗毁,贬为长沙王太傅,后来文帝又把他召回京城,任文帝爱子梁怀王太傅,常向他询问政事。孙弘,即公孙弘,汉武帝时初为博士,一度免归,后又举为贤良文学,受到重用,官至丞相,封平津侯。"不待"即不及待。两句是说:空自听说昔年贾谊被召回朝廷,刘蕡却被远谪柳州,客死异乡,不可能像公孙弘那样再次被举,受到重用了。

诗人视刘蕡为"师友",而他竟死于冤屈,怎能不使诗人伤心痛哭。五、六两句,即扣住题面,写诗人痛哭情状。长恸之后,痛定思痛,诗人回想起一年前与刘蕡在黄陵(山名,在今湖南湘阴)相别的最后一面。那时,正当刘蕡冤谪柳州,天空阴暗,春雪凄寒。结尾两句不但烘托着二人相别时的悲凄心情,且与诗人写此诗时悲痛欲绝的心境亦融为一体,留下不尽的哀思。

这首诗,整篇都浸透着诗人的泪水,贯穿着一个"哭"字。读完全诗,仿佛诗人的哭声还萦绕在我们耳际。

空闻迁贾谊,不待相孙弘。

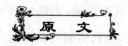

悼伤后赴东蜀辟至散关遇雪

剑外①从军远，无家与寄衣。

散关三尺雪，回梦旧鸳机。

注　释

①剑外：指剑阁之南蜀中地区。

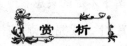
赏　析

　　李商隐生活的年代，"牛李党争"激烈，他因娶李党王茂元之女而得罪牛党，长期遭到排抑，仕途潦倒。尽管如此，他与王氏始终情笃意深。宣宗大中五年（851 年）夏秋之交，王氏突然病逝，李商隐万分悲痛。这年冬天，他应柳仲郢之辟，从军赴东川（治所梓州，今四川三台县）。痛楚未定，又要离家远行，凄戚的情怀是可想而知的。这首诗，就写于赴蜀途中。

　　起句"剑外从军远"，点明这次远行的原因是"从军"，即入节度使幕府。"剑外"，指剑阁之南蜀中地区。诗题"遇雪"而作，却从远写起，着一"远"字，不仅写行程之遥，更有意让人由"远"思"寒"。隆冬之际，旅人孑然一身，行囊单薄，自然地使人盼望家中妻子寄棉衣来。可是，诗人的妻子已经不在人间，有谁寄棉衣呢？

第二句"无家与寄衣"，蕴意精深。一路风霜，万般凄苦，都蕴含在这淡淡的一句诗中了。诗人善于用具体细节表达抽象的思念，用寄寒衣这一生活中的小事，倾泻出自己心底悲痛的潜流和巨大的哀思。

"散关三尺雪"句是全诗的承转之辞，上承"遇雪"诗题，给人凄凉飘泊之感，同时，大雪奇寒与无家寄衣联系起来，以雪夜引出温馨的梦境，转入下文，睡梦中见妻子正坐在旧时的鸳机上为他赶制棉衣。"回梦旧鸳机"，情意是多么真挚悲切！用"有家想"反衬"无家"丧妻的痛苦，以充满温馨希望的梦境反衬冰冷严酷的现实，更见诗人内心痛苦之深！

此诗朴素洗练，而又深情绵邈。可以看出，在悼伤之情中，又包孕着行役的艰辛、路途的坎坷、伤别的愁绪、仕途蹭蹬的感叹等复杂感情。短短二十字，概括如此丰富深沉的感情内容，可见李商隐高度凝炼的艺术功力。

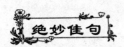

散关三尺雪，回梦旧鸳机。

作者简介

马戴,字虞臣,生卒年不详,海州东海(今江苏连云港市西南)人。生活于中晚唐之交的动荡年代,会昌四年进士及第,终官太学博士。其诗浪为时人及后世所推崇,尤以五言律诗著称。作品以《会昌进士集》之名行世。

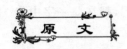

出　塞

金带连环束战袍，马头冲雪度临洮。
卷旗夜劫单于帐，乱斫^①胡兵缺宝刀。

①斫：刀砍。

诗中雪

109

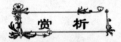

"金带连环束战袍，马头冲雪过临洮。""金带连环"四字，极精美。"金"字虽是"带"字的装饰词，但又不仅限于装饰"带"字。看似写战袍，目的却在传达将士那种风神俊逸的丰姿。"马头冲雪"的"冲"字，也不只是一个单纯的动词。作者不用带雪、披雪，而用冲雪，是要用这个动词传出人物一往无前的气概和内心的壮烈感情。

"卷旗夜劫单于帐，乱斫胡兵缺宝刀。""卷旗"，避免惊动敌人，描写的是夜间劫营景象。因风疾所以卷旗，可见战事之紧急和边塞战场之滚滚风尘。

卷旗夜战，正是短兵相接了，但实际上只是雷声前的闪电，为下句作铺垫。"乱斫胡兵缺宝刀"，才是全诗中最壮烈最动人的一幕。这场"乱斫胡兵"的血战，场面是很激烈的。"缺宝刀"的"缺"用得好。言宝刀砍到缺了刃口,其肉搏拼杀之烈,战斗时间之长,最后胜利之夺得,都在此一字中传出,使全诗神采飞扬。

全诗结构紧密,首句以英俊传人物风姿,次句以艰难传人物苦心,第三句以惊险见人物之威烈,结句最有力,以壮举传神。至此,人物之丰神壮烈,诗情之飞越激扬均无以复加了。

这首《出塞》,除具有一般边塞诗那种激越的诗情和那种奔腾的气势外,还很注意语言的精美,并善于在雄壮的场面中插入细节的描写,酝酿诗情,勾勒形象,因而能够神完气足,含蓄不尽,形成独特的艺术风格。

卷旗夜劫单于帐,乱斫胡兵缺宝刀。

作者简介

　　李频(? —876 年),字德新,睦州寿昌(今浙江寿昌)人。拜侍御史,累迁都官员外郎,官至建州刺史,卒于官。

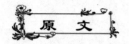

湖^①口送友人

中流^②欲暮见湘烟，岸苇无穷接楚田。

去雁远冲云梦^③雪，离人独上洞庭船。

风波尽日依山转，星汉通宵向水悬。

零落梅花过残腊，故园归去又新年。

① 湖：洞庭湖。

② 中流：江心。

③ 云梦：有名的大泽。

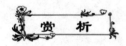

一、二联写"湖口"所见：先是放眼湘江水岸，看到暮霭、芦苇、田野；接着远眺云梦，但见飞雪、去雁；最后注目孤舟离人。诗的前三句，境界阔大，气象雄浑。"中流欲暮见湘烟"，"中流"即江心，这是江面宽阔的地方，此时在暮霭的笼罩下更显得苍苍莽莽。"岸苇无穷接楚田"，"楚田"即田野，春秋战国时期湘江流域为楚地；"岸苇无穷"已有深远之意，再与"楚田"相接，极写其空旷广袤。"去雁远冲云梦雪"，"云梦"是有名的大泽，在洞庭湖以

112

北的湖南、湖北境内,孟浩然曾以"气蒸云梦泽"来状写它的壮伟,这里则以"云梦雪"来表现同样的境界。经过此番描画之后,方才拈出第四句点题:"离人独上洞庭船。"此句一出,景语皆成情语。飞雪营霭,迷漫着一种凄冷压抑的氛围;四野茫茫,更显出离人的伶仃;大雁孤飞,象征着友人旅途的寂寞艰辛。

第三联:"风波尽日依山转,星汉通霄向水悬。"此写洞庭湖的景象,并非实写,而是由"洞庭船"引发的想象,故而在时间上并不承上,"暮"、"雪"不见了。两句是说,洞庭湖波翻浪涌,奔流不息,入夜,则星河璀灿,天色湖水连成一片,洞庭湖是浩瀚而美丽的,然而诗人此写流露着对友人一路艰辛的关切,而有关星河高悬的遐想,则是对孤舟夜渡的遥念。

最后一联:"零落梅花过残腊,故园归去又新年。"这是说友人归去当及新年,而自己却不能回去。"零落梅花"是诗人自况,也是一景。由腊月而想到梅花,由"残"而冠以"零落",取景设喻妙在自然含蓄。此联固然表现了诗人的自伤之意,但同时也表现了念友之情,因为诗人之所以感到孤独,完全是由友人的别离引起的,故而这种自伤正是对友人的依恋。

全诗八句倒有七句写景,湘江的暮霭,江岸的芦苇、田野,云梦的飞雪、大雁,渡口的孤舟、离人,洞庭的风波、星河,以及腊月的梅花,等等,真是纷至沓来,目不暇接。诗文有所谓"主宾"一说,主是中心,在这首诗中,作者把孤舟离人放在中心的位置上,围绕这个中心层层设景;又从孤舟离人逗出情思,把诸多景物有机地串联起来,自有一番悠悠远思的风韵。

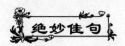

去雁远冲云梦雪,离人独上洞庭船。

作者简介

张孜,京兆人,生在唐末政治上极其腐朽的懿宗、僖宗时代。

他写过一些抨击时政、反映社会现实的诗篇,遭到当权者的追捕,

被迫改名换姓。他的诗大都散佚,仅存的就是这一首《雪诗》。

文学常识丛书

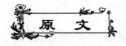

雪 诗

长安大雪天,鸟雀难相觅。

其中豪贵家,捣椒泥四壁。

到处爇①红炉,周回下罗幕。

暖手调金丝②,蘸甲斟琼液。

醉唱玉尘飞,困融香汗滴。

岂知饥寒人,手脚生皴③劈。

115

①爇:燃烧。

②金丝:代指贵重的乐器。

③皴:皮肤因受冻而裂开。

赏 析

诗以"长安"开头,表明所写的内容是唐朝京都的见闻。"大雪天",说明季节、天气。雪大到何种程度呢? 诗人形象地用"鸟雀难相觅"来说明。

以下,以"其中"二字过渡,从大雪天的迷茫景象写到大雪天"豪贵家"的享乐生活。"捣椒泥四壁",是把花椒捣碎,与泥混合,涂抹房屋四壁,室内温暖、华丽。

"到处爇红炉"两句,写室内的陈设。"红炉"可以驱寒,"罗幕"用以挡风。红炉"爇(燃烧)"而"到处",言其多也;罗幕"下"而"周回(周围)",言其密也。这表明室外雪再大,风再猛,天再寒,而椒房之内,仍然春光融融一片。

"暖手调金丝"四句,写"豪贵家"征歌逐舞、酣饮狂欢的筵席场面:歌女们温软的纤手弹奏着迷人的乐曲,姬妾们斟上一杯杯琼浆美酒。室外雪花纷飞狂舞,室内人们也在醉歌狂舞,直至人疲身倦,歌舞仍然无休无止,一滴滴香汗从佳人们的俊脸上流淌下来……

诗的结尾,笔锋一转,"手脚生皴劈",写"饥寒人"的手脚因受冻裂开了口子。这两句扣住大雪天"鸟雀难相觅"这一特定环境,是作者的精心安排。在这大雪飞扬、地冻天寒的日子里,"饥寒人"还在劳作不已,为生活而奔走,为生存而挣扎。"岂知",很有分量,不仅是责问,简直是痛斥。这样,诗人就把豪门贵族的糜烂生活和饥寒人的悲惨生活作了鲜明的对比,揭示了贫富悬殊、阶级对立的社会现实。

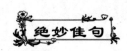

岂知饥寒人,手脚生皴劈。

作者简介

　　高骈(? —887 年),唐末将领。字千里。幽州(治今北京城西南)人。世代为禁军将领,好文善论,为左右神策军宦官所器重。

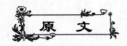

对 雪

六出①飞花入户时,坐看青竹变琼枝②。

如今好上高楼望,盖尽人间恶路歧③。

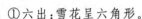
注 释

①六出:雪花呈六角形。

②琼枝:竹枝因雪覆盖似白玉一般。

③恶路歧:险恶的岔路。

赏 析

黄巢起义军自广州(今属广东)北趋江淮,高骈慑于起义军威势,又因统治集团内部倾轧,故坐守扬州,保存实力。起义军入西京长安时,朝廷再三征高骈"赴难",他欲兼并两浙,割据一方,遂逗留不行。中和二年(882年),朝廷罢免高骈诸道兵马都统、盐铁转运使等职。高骈素信神仙,重用术士吕用之,付以军政大权。用之谮毁诸将,上下离心。光启三年(887年),部将毕师铎奉命出屯高邮,师铎联合诸将,返攻扬州。城陷,高骈被囚,不久被杀。了解了高骈的经历,就不难理解这首诗所要反映的情绪了。

诗人闲坐窗前,欣赏那纷纷扬扬的大雪,转瞬之间,青青的竹枝已变成了白色。为这美丽的景象所吸引，他登上高楼，放眼望去，只见那高低不平，横七竖八的"恶路"，都已被厚厚的积雪所覆盖，多么令诗人痛快！这里的结尾一句，道出了作者胸中多少感慨与不平！此诗借物抒怀，写得别具一格。

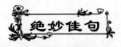

如今好上高楼望，盖尽人间恶路歧。

作者简介

　　罗隐(833—910年),字昭谏,自号江东生,唐末新城饮贤罗家(今富阳城阳乡)人。一生怀才不遇,同情劳苦大众,后世江南一带盛传"罗衣秀才"出语成谶故事。其主要著作有《江东甲乙集》《谗书》《淮海寓言》《两同书》《吴越掌记》等。

雪

尽道丰年瑞，丰年事若何[①]？

长安有贫者，为瑞不宜多。

①丰年事若何：即使真的丰年，情况又怎样呢？

121

题目是"雪"，诗却非咏雪，而是发了一通雪是否瑞兆的议论。一般来说，绝句长于抒情而拙于议论，五绝篇幅极狭，尤忌议论。作者偏用其短，看来是有意造成一种特殊的风格。

瑞雪兆丰年。辛勤的农民看到瑞雪产生丰年的联想与期望，是很自然的。但眼下是在繁华的帝都长安，这"尽道丰年瑞"的声音就颇值得深思。"尽道"二字，语含讥讽。联系下文，可以揣知"尽道丰年瑞"者是和"贫者"不同的另一世界的人们。这些安居深院华屋、身袭蒙茸皮裘的达官显宦、富商大贾，在酒酣饭饱、围炉取暖、观赏一天风雪的时候，正异口同声地大发瑞雪兆丰年的议论，他们也许会自命是悲天悯人、关心民生疾苦的仁者呢！

正因为是此辈"尽道丰年瑞",所以接下去的是冷冷的一问:"丰年事若何?"即使真的丰年,情况又怎样呢?这是反问,没有作答,也无须作答。"尽道丰年瑞"者自己心里清楚。唐末,苛重的赋税和高额地租剥削,使农民无论丰歉都处于同样悲惨的境地。但在这首诗里,不道破比道破更有艺术力量。它好像当头一闷棍,打得那些"尽道丰年瑞"者哑口无言。

三、四两句不是顺着"丰年事若何"进一步抒感慨、发议论,而是回到开头提出的雪是否为瑞的问题上来。因为作者写这首诗的主要目的,并不是抒写对贫者虽处丰年仍不免冻馁的同情,而是向那些高谈丰年瑞者投一匕首。"长安有贫者,为瑞不宜多。"好像在一旁冷冷地提醒这些人:当你们享受着山珍海味,在高楼大厦中高谈瑞雪兆丰年时,恐怕早就忘记了这帝都长安有许许多多食不果腹、衣不蔽体、露宿街头的"贫者"。他们盼不到"丰年瑞"所带来的好处,却会被你们所津津乐道的"丰年瑞"所冻死。"为瑞不宜多",略作诙谐幽默之语,实际上蕴含着深沉的愤怒和炽烈的感情。平缓从容的语调和犀利透骨的揭露,冷隽的讽刺和深沉的愤怒在这里被和谐地结合起来了。

文学常识丛书

诗里没有直接出现画面,也没有任何形象的描绘。但读完全诗,诗人自己的形象却鲜明可触。这是因为,诗中那些看来缺乏形象性的议论,不仅饱含着诗人的憎恶、蔑视、愤激之情,而且处处显示出诗人幽默诙谐、愤世疾俗的性格。从这里可以看出,对诗歌的形象性是不宜作过分偏狭的理解。

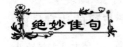

长安有贫者,为瑞不宜多。

作者简介

　　齐己(860—约937年)俗名胡得生,唐代诗僧。长沙(今属湖南)人,一说益阳(今属湖南)人。自号衡岳沙门。其诗于清润平淡中见僻远冷峭之致。工五言律,"虽颇沿武功(姚合)一派,而风格独道"。

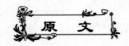

早 梅

万木冻欲折,孤根暖独回。

前村深雪里,昨夜一枝开。

风递幽香出,禽窥①素艳来。

明年如应律,先发望春台②。

①窥:探望、偷看。

②春台:京城。

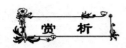

首联即以对比的手法,描写梅花不畏严寒的秉性。"万木冻欲折,孤根暖独回",是将梅花与"万木"相对照:在严寒的季节里,万木经受不住寒气的侵袭,简直要枝干摧折了,而梅树却像独凝地下暖气于根茎,回复了生机。"冻欲折"说法略带夸张,然而正是万木凋摧之甚,才更有力地反衬出梅花"孤根独暖"的性格,同时又照应了诗题"早梅"。

文学常识丛书

第二联"前村深雪里，昨夜一枝开"，用字虽然平淡无奇，却很耐咀嚼。诗人以山村野外一片皑皑深雪，作为孤梅独放的背景，描摹出十分奇特的景象。"一枝开"是诗的画龙点睛之笔：梅花开于百花之前，是谓"早"；而这"一枝"又先于众梅，悄然"早"开，更显出此梅不同寻常。此联像是描绘了一幅十分清丽的雪中梅花图：雪掩孤村，苔枝缀玉，那景象能给人以丰富的美的感受。"昨夜"二字，又透露出诗人因突然发现这奇丽景象而产生的惊喜之情；肯定地说"昨夜"开，表明昨日日间犹未见到，又暗点诗人的每日关心，给读者以强烈的感染力。

第三联"风递幽香出，禽窥素艳来"，侧重写梅花的姿色和风韵。此联对仗精致工稳。"递"字，是说梅花内涵幽香，随风轻轻四溢；而"窥"字，是着眼梅花的素艳外貌，形象地描绘了禽鸟发现素雅芳洁的早梅时那种惊奇的情态。鸟犹如此，早梅给人们带来的诧异和惊喜就益发见于言外。

末联语义双关，感慨深沉："明年如应律，先发望春台。""春台"既指京城，又似有"望春"的含义。齐己早年曾热心于功名仕进，是颇有雄心抱负的。然而科举失利，不为他人所赏识，故时有怀才不遇之慨。"前村深雪里，昨夜一枝开"，正是这种心境的写照。自己处于山村野外，只有"风"、"禽"做伴，但犹自"孤根独暖"，颇有点孤芳自赏的意味。又因其内怀"幽香"、外呈"素艳"，所以，他不甘于前村深雪"寂寞开无主"的境遇，而是满怀希望：明年（他年）应时而发，在望春台上独占鳌头。辞意充满着自信。

通观全篇，首联"孤根独暖"是"早"；颔联"一枝独开"是"早"；颈联禽鸟惊奇窥视，亦是因为梅开之"早"；末联祷祝明春先发，仍然是"早"。首尾一贯，处处扣题，很有特色。诗人突出了早梅不畏严寒、

诗中雪

傲然独立的个性，创造了一种高远的境界，隐匿着自己的影子，含蕴十分丰富。

前村深雪里，昨夜一枝开。

作者简介

王安石（1021—1086 年），北宋杰出的政治家、文学家。他的不少描景绘物诗都寓有强烈的政治内容。此诗作于王安石第二次罢相期间，以此为界，王安石诗风大变，由于当时党争日烈、诗祸频仍，诗人普遍将豪放外发之气，内敛为含蓄深沉之致。

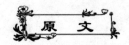

梅　花

墙角数枝梅，凌寒①独自开。

遥②知不是雪，为③有暗香④来。

①凌寒：冒着严寒。

②遥：远远的。

③为：因为。

④暗香：指梅花的幽香。

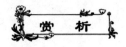

梅花，香色俱佳，独步早春，具有不畏严寒的坚强性格和不甘落后的进取精神，因而历来为诗人们所吟咏，所歌颂。在我国古代为数众多的咏梅诗中，王安石的《梅花》堪称一首饶有特色、脍炙人口的佳作。

这首诗通过写梅花，在严寒中怒放、洁白无瑕，赞美了梅花高贵的品德和顽强的生命力，诗人也以梅花自喻，抒发其保持洁身自好、不与奸邪同流合污的感慨。

在古人吟唱梅花的诗中，有一首相当著名，那就是在作者之前，北宋诗

文学常识丛书

人林逋的《山园小梅》。尤其是诗中"疏影横斜水清浅,暗香浮动月黄昏"两句,更被赞为咏梅的绝唱。林逋一辈子不做官,也不娶妻生子,一个人住在西湖畔孤山山坡上种梅养鹤,过着隐居的生活。所以他的咏梅诗,表现的是脱离社会现实自命清高的思想。作者此诗则不同,他巧妙地借用了林逋的诗句,却能推陈出新。他写的梅花,洁白如雪,长在墙角但不自卑,散发着清香。诗人通过对梅花不畏严寒的高洁品性的赞赏,用雪比喻梅的冰清玉洁,又用"暗香"点出梅胜于雪。作者在北宋极端复杂和艰难的局势下,积极改革,而得不到支持,其孤独心态和艰难处境,与梅花有共通的地方。

这首诗没有描写梅花的枝叶和花朵形态,而是着意写梅花"凌寒独自开"的品格,写它的沁人心脾的"暗香"。这正是作者人格的化身,王安石变法失败,被迫辞职,十分孤独,但他仍倔强地坚持自己的政治理想。这首诗正是以动人的艺术形象表达了作者这种思想品格和一如既往、九死未悔的深情。

这首小诗意味深远,而语句又十分朴素自然,没有丝毫雕琢的痕迹。

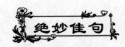

遥知不是雪,为有暗香来。

作者简介

苏轼(1037—1101 年)，字子瞻，号东坡居士，北宋大文学家、大艺术家，在诗词、散文、书法、绘画等都有杰出的成就，善于运用新鲜的比喻描写山水景物，善于从觉的事物中提示深刻的哲理。

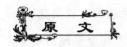

东栏梨花

梨花淡白柳深青,柳絮飞时花满城。
惆怅东栏一株雪①,人生看得几清明。

诗中雪

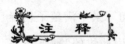

注 释

①东栏一株雪:家门口东栏边的一株梨花。

131

赏 析

《东栏梨花》看似很平淡,好像人人都写得出这样的诗,但古今以来却只有这一首写梨花的诗篇,传诵千古,至今仍脍炙人口。诗人所描写的景物很美,又很亲切,如同近在眼前。疑是苏轼被贬杭州不久后所作。

诗人凭着东栏看着栏杆外的梨花,满城都飞着柳絮时,梨花也开了遍地,东栏的那株梨花却从深青的柳树间伸了出来,仿佛雪一样的清丽,有一种惆怅之美。但是,人生能看到多少个清明?

梨花的淡白,柳的深青,这一对比,景色立刻就鲜活了,再加上第二句的动态描写:满城飞舞的柳絮,真是"春风不解禁杨花,蒙蒙乱扑行人面",春意之浓,春愁之深,更加烘托出来。

柳絮飘飞,梨花亦开遍了一城的雪白,这里更加强调的是白色——春色之美原在万紫千红,花团锦簇,如锦绣般的大地——但是这里单只描写雪白的梨花（柳絮只是陪衬），更着眼于自己家门口东栏边的一株梨花——它愈开得热闹，愈引人惆怅——到这里，此诗的热烈特色完全显现出来了，一株如雪的梨花，一味强烈的白色是引起人共鸣的主要关键所在，任何人面对如此一幅画面，也会悄然为之动容。

这样，诗里极重的忧愁气息就扑面而来。"惆怅东栏一株雪，人生看得几清明"，明是因为望花感叹人生苦短而惆怅，实是以花喻人，诗人自比一株白雪般清高的梨花，在满城都是"飞花飘絮"的世道里依旧"清明"，但因现实过于残酷，不知道还有几个"清明时节"能够维持了。

全诗感伤春光易逝、慨叹人生短促。梨花盛开满城漾白（也暗伏盛极将衰），柳树由浅绿变深青（暗含春色已暮）。一、二两句写景中满蕴了伤春之情。最后一句直抒胸臆，抒发了人生如梦之慨。套用杜牧的"砌下梨花一堆雪，明年谁此凭栏杆"，但化"物是人非"之感为"人生如梦"之叹，显得更为深沉。

绝妙佳句

惆怅东栏一株雪，人生看得几清明。

作者简介

卢梅坡，南宋诗人，生卒年不详。

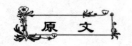

雪 梅

梅雪争春未肯降①，骚人阁笔费评章②。

梅须逊雪三分白，雪却输梅一段香。

①降(xiáng)：服输。

②阁：同"搁"，放下。评章：评议的文章，这里指评议梅与雪的高下。

古今不少诗人往往把雪、梅并写。雪因梅，透露出春的信息，梅因雪更显出高尚的品格。如毛泽东《卜算子·咏梅》中就曾写道："风雨送春归，飞雪迎春到。已是悬崖百丈冰，犹有花枝俏。俏也不争春，只把春来报。待到山花烂漫时，她在丛中笑。"雪、梅都成了报春的使者、冬去春来的象征。

但在诗人卢梅坡的笔下，二者却为争春发生了"磨擦"，"梅雪争春未肯降，骚人阁笔费评章"，都认为各自占尽了春色，装点了春光，而且谁也不肯相让。难坏了诗人，难写评判文章。

在诗的后两句巧妙地托出二者的长处与不足：梅花须逊让雪花三分晶莹洁白，雪花却输给梅花一段清香，难怪诗人无法判个高低，也道出了雪、梅各执一端的根据。这种写法,实在是新颖别致,出人意料。而"逊"与"输"告诉人们事物各有所长,要客观分析,才能识其真相色;雪、梅"平分冬色",从正面告诫再完美的事物也有缺憾。

　　读完全诗,我们似乎可以看出作者写这首诗是意在言外的:借雪梅的争春,告诫我们人各有所长,也各有所短,要有自知之明。取人之长,补己之短,才是正理。这首诗既有情趣,也有理趣,让人思索不尽,余味无穷。

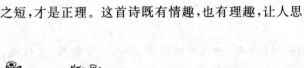

　　梅须逊雪三分白,雪却输梅一段香。

135

作者简介

　　洪升(1645—1704年)清代戏曲作家、诗人。字昉思,号稗畦,又号稗村、南屏樵者。钱塘(今浙江杭州市)人。洪升的著作现存6种:《诗骚韵注》(残缺),诗集《稗畦集》《稗畦续集》《啸月楼集》,杂剧《四婵娟》,传奇《长生殿》。

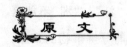

雪 望

寒色孤村暮,悲风四野闻。

溪深难受雪,山冻不流云。

鸥鹭^①飞难辨,沙汀^②望莫分。

野桥梅几树,并是白纷纷。

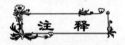

①鹭:鹭鸶。

②汀:水边绿地。

诗中雪

137

赏 析

在众多咏雪诗中,有一些是纯粹描写雪景的。诗人在创作时就像画家写生,手执画笔饱蘸颜料,挥洒自如,尽情尽兴描绘具有美感意义的雪景图。

洪升的这首冬雪诗,前四句首先交代时间是在冬日的黄昏,地点在孤村;接着,从听觉方面写处处风声急;继而,采用虚实结合的手法,"溪深"、"山冻"是实景,"难受雪"、"不流云"则是虚景,突出了"溪深"、"山冻",紧扣一个"雪"字。

后四句具体描绘雪景,以沙鸥与鹭鸶的难以辨认,"汀"与"洲"不能区分来映衬大雪覆盖大地,四周都是白茫茫一片,让人不能分辨事物的景象,突出"望"之特点。"野桥"两句写几株梅树枝头上都是白梅与积雪,令人分不清哪是白梅哪是雪,与唐代诗人岑参的"忽如一夜春风来,千树万树梨花开"(《白雪歌送武判官归京》)中,梨花和白雪交织在一起的描写有异曲同工之妙。

此诗生动形象,别致清新,可谓咏雪诗中纯粹描写雪景之代表作。

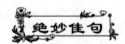

野桥梅几树,并是白纷纷。

作者简介

　　林则徐(1785—1850年),字元抚,清代政治家,鸦片战争时期主战派的代表。他在广东主持查禁鸦片,领导军民击退英国侵略军的进攻,却被卖国政府撤职,发配新疆伊犁。《塞外杂咏》写在他赴伊犁途中。

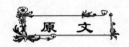

塞外杂咏一首

天山①万笏②耸琼瑶③,导我西行半寂廖④。

我与山灵⑤相对笑,满头晴雪共难消。

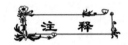

①天山:我国最大的山脉之一,在新疆维吾尔自治区中部,东西走向。

②笏:封建时代大臣上朝拿的手板,用象牙、玉石或竹片制成,可以在上面记事。

③琼瑶:美玉。

④寂寥:内心感到凄凉、冷落。

⑤山灵:山神。

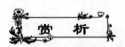

新疆位于祖国的大西北,伊犁又处在新疆的西北方。保卫东南海防、声震中外的诗人,因功获罪,被发配到西北更西北的伊犁去,万里迢迢,戴罪而行,途中用"寂寥"来形容心境,实在是非常节制的。

进入新疆不久,多亏遇到殷勤好客的主人——天山群峰。一座座峰峦拔地擎天,积雪满头,如同千万笏板,全由晶莹的美玉雕成。或许出于对英雄的崇敬吧,前峰刚刚送过,后峰马上迎来,它们一路充当旅伴和向导,给了诗人极大的安慰。天山的盛情,触发了诗人的幻想和幽默,眼前现出一位白胡子山神,搔搔自己头上白发,笑着说,"您和我的满头白雪,都是很难消解的啊!"

同是满头白雪,来历却完全不相同。在山神是因为天山太高,山头太冷,诗人则是忧国忧民之心太重的缘故。"白发三千丈,缘愁似个长",大诗人李白不是早就这样感叹过了吗?

诗的首句——"天山万笏耸琼瑶",这个比喻,不仅生动地刻画了天山群峰的雄姿,而且微妙地传达了诗人的心事:看到雪峰,想起玉笏,说明诗人身在天山,心在朝廷,他时时盼望有一天能重新持笏上朝,参与关系国家民族命运的决策。首句也为全诗定下了一个虽然惆怅但是壮心不已的基调。

我与山灵相对笑,满头晴雪共难消。